岁月有风霜，却无力凋零文字的芬芳。
——谨以此书，献给一路同行的你我！

图书在版编目（CIP）数据

我心桃花源 / 刘新昌著 . -- 北京 : 光明日报出版社 , 2016.10

ISBN 978-7-5194-2050-5

Ⅰ . ①我… Ⅱ . ①刘… Ⅲ . ①散文集—中国—当代 Ⅳ . ① I267

中国版本图书馆 CIP 数据核字 (2016) 第 233313 号

我心桃花源

著　　者：刘新昌	
责任编辑：谢　香　李　倩	责任校对：傅泉泽
封面设计：潇湘文化	责任印制：曹　净

出版发行：光明日报出版社
地　　址：北京市东城区珠市口东大街 5 号，100062
电　　话：010-67078248（咨询），67078870（发行），67019571（邮购）
传　　真：010-67078227，67078255
网　　址：http://book.gmw.cn
E － mail：gmcbs@gmw.cn
法律顾问：北京德恒律师事务所龚柳方律师
印　　刷：东莞市信誉印刷有限公司
装订策划：东莞市潇湘文化传播有限公司
本书如有破损、缺页、装订错误，请与本社联系调换

开　　本：710×1000 1/16			
字　　数：231 千字		印　张：19.50	
版　　次：2016 年 12 月第 1 版		印　次：2016 年 12 月第 1 次印刷	
书　　号：ISBN 978-7-5194-2050-5			
定　　价：36.80 元			

版权所有　翻印必究

乡村与城市的童话

■ 刘晓平

推窗便见秋色。

远处天门山上松杉青、枫叶红、乌桕橙、檫木黄、木荷紫,层林尽染,五彩缤纷,山峦间还有淡淡的雾霭在飘动。

近处,一泓清泉徐徐流淌,不急不缓,细致,婉约,如江南丝竹,素雅、空灵,岸上的树荫里还有小鸟在啁啾。

坐在桌前,一阵凉爽的风吹来,吹起我的长发,也吹开了我刚刚掩卷的《我心桃花源》,我不禁会心一笑,好一个秋色,好一个陌生而熟悉的刘新昌,读罢他的文章,心灵如这秋水一般澄澈清明了,眼里涂满一部乡村与城市的童话。

我和新昌是同村人,可我对他的记忆却是模糊的,因为他比我小整整十五岁,我外出工作时,他还是个乳臭未干的孩子。但他的老兄刘南昌,和我是同龄人,他哥的勤奋和努力有目共睹,他哥的业绩也是全村人的骄傲。有了这点基础,我才打开这部散文集,可没想到,全文让我读到一颗善良纯净的心,读到一个内心纯净的人眼中所呈现出来桃花源般的世界。

新昌的笔调诙谐幽默,叙事温暖质感,表达酣畅淋漓,看似如暖男一枚在讲故事、拉家常、扯闲篇,实则是一位智者在表达观点、分享智慧、传播真情。细读他的作品,虽然讲述的都是家长里短,却饱含人间真情,故事不管酸甜苦辣,皆是练达文章。随着阅读的深入,一位可亲可爱、充满爱心和童真的暖男形象在我心中慢慢立了起来，渐渐地，我"熟悉"了他。

其实，据我了解，新昌的人生之路，与常人相似。大学毕业后，进过工厂，当过媒体记者，开过报刊专栏，而后成为电力系统的一员。虽然生活忙碌，却能坚持写点文章，是湖南省作家协会会员、中国电力作家协会会员。做记者时，他的新闻作品获过"湖南好新闻奖"，从事写作，他的文学作品也多次获奖，特别是2014年，他的个人博客曾被新浪网评为全国"十大文学名博"。

该书五个小辑，书写的都是新昌生活岁月里的一些美好事物，真的如童话般美好，但总结起来无外乎两句话：世界之大，大不过情怀的辽阔；世界之小，小不过人间的缘分。

一个从乡村走向城市的孩子，道路难免坎坷艰辛，可他却始终怀揣着一颗柔软的心，即使遇到凶险与丑恶，他也能站在情怀的制高点，善意地理解对方，因此我说"大不过情怀的辽阔"；他作品中的人、物、事，在我的人生阅历中也似曾相识，有些甚至是我的好朋友，如刘维、刘小莽、夏瑞虹等，因此我说"小不过人间的缘分"。

有人说：诗人离不开故乡，诗人的心灵很容易找到故乡真正的方向。此话我有亲身体验，也从新昌的行文间，感悟到天堂的所在就是心灵的指南针所指引的故乡的方向。《爱是我带到世间唯一的行李》，让我从中领悟到爱的哲理；《一田禾花鱼》，让我重新理会乡情的美好；城市虽然复杂，我却从小区"雷锋"的举动中看到了人间的美好……细细辨析，你便会从文中感悟到亲情的抚慰、乡情的依恋、人情的美好、世情的难料和真情的可贵。

全书每一个小辑都有诗文般的提示，既增添文中诗意，又助人理解小辑中文章的立意与哲理，这种做法事虽小，却看出做事者事事替他人着想的大立意。话不在多，归根究底还是那句佛语："善者心底皆善意，好人眼中没坏事！"

（作者系著名作家、中国作家协会会员、湖南省散文学会副会长）

目录 / CONTENTS

前言

001　乡村与城市的童话

第一辑　爱·天堂

009　爱是我带到世间唯一的行李
012　我会给你一朵目光
015　且把春衣试稚子
017　住在城堡里
018　睡一觉，花就开了
020　春风十里，不如你
022　那些回家吃饭的美好日常
026　幸福非车子
029　明月清风我
033　你是天边最美的云彩
035　把你放在心上
037　母爱是夏日里一杯清凉的茶
040　哑光的母爱
043　母亲的菜
046　一田禾花鱼
049　不负春光不负卿
052　守住一湖春
055　艾香蒲酒度端阳
058　云是没有落下来的雪
060　愿他们住在石房里

第二辑　情·流淌

065　@你一枝春
068　做朵幸福的花儿

071　出门俱是看花人
074　春雷是大地的闹钟
077　花朵的杯盏盛满甜蜜
080　嫩芽三寸好香椿
083　腊味飘香年在望
086　眼泪直流的青春
089　一晴方觉夏深
092　人间草木深，我心桃花源
096　黄土岭的土老帽生活
099　住在国庆新村的伯父
102　爱如邮戳天地远
105　不随湘江水北流
108　教授的煤球
111　不为推销
114　有白鹭飞过
117　那条开满鲜花的小路
121　愿得一心人
125　玉露为酒花为粮

第三辑　心·故乡

129　我的双城生活
132　那些散落在井湾子的青春
135　"红星"照我去战斗
138　牵手走过雨花亭
141　湘府路上芙蓉开
144　东塘的青春秘密
147　友谊路上的友谊
150　楚楚动人的香樟路
153　醉在望月湖
155　哥哥面前一条弯弯的河

158	一入沩山海暑消
161	阿东的长发
164	香樟青翠金鹗山
167	杨树塘的舌尖记忆
170	一树紫薇满街香
173	南岛小夜曲
176	卡布奇诺的生活
179	清江一曲抱村流
182	家乡的金银花，你好吗
185	老桑树下的清凉时光

第四辑　趣·希望

189	都是方言惹的祸
191	朋友是个奇葩男
193	采访的背景
196	阿勇的烦恼
199	忙人老乐
202	光鲜的男人
205	肖半仙
208	"城市农民"小粒子
210	王胖哥的梦想
212	在小区门口练英语的老李
215	康师傅的儿子
218	心静也不凉
221	工作证
224	"牛皮李"
227	小子，你是在挑战企鹅啊
229	老朱从教记
233	别人钓鱼我钓虾
235	陪女儿养金鱼

| 237 | 画手表 |
| 240 | 一屋吊兰 |

第五辑 志·方向

243	不是所有花开都会引来蜂飞蝶舞
247	删繁就简，只剩生命原色
250	你所厌弃，我之梦寐
253	蝼蚁的悲伤
256	人家的孩子易长大
259	牛不犁田也会老
263	一片树叶
266	那点亮梦想的"三把火"
269	卷土重来未可知
272	戒的不是酒，是执念
275	很多忽如其来，其实酝酿已久
278	做株坚持守望幸福的绿萝
281	骤雨不终日
285	轻寒正是可人天
289	金质徽章
292	朋友的院子
295	剪掉旁生出来的枝丫
298	甘蔗没有两头甜
301	三色堇
304	多转一个圈

后记

| 306 | 老天不会辜负每一个努力的人 |

第一辑

爱·天堂

别与自己纠结,莫看他人眼色。
人生已到中年,应该自我澄澈。

莫问天堂在哪,心中一朵莲花。
目光干净如水,有爱有茶有家。

爱是我带到世间唯一的行李

清晨，老婆和小孩都还没醒，我蹑手蹑脚起床，悄悄地收拾行李，生怕碰碎了她们甜美的梦。

这些年，为了生计，颠沛流离于长沙与岳阳两座城市之间，早就习惯了这样的早晨，一个人走在路上，任微风吹拂脸颊，任思绪如露珠从现实里滚落，这时，太阳肯定还没出来，但朝霞早已把整个天空涂抹得五彩缤纷。

出门右拐，很快就上了京珠高速，道路两旁的绿篱如电影倒带般迅速后退，汽车左冲右突，仿佛一条在河流里狂奔的鱼。很快，长沙这座还没来得及醒来的城市就被我甩在身后，而我，又将奔上另一座能深呼吸的城市——岳阳。

这样的早晨，我不喜欢音乐，倒喜欢在车里听上一段自己下载的20世纪50年代盛演的儿童剧《马兰花》，每次听着听着，我就仿佛置身于山谷里了，郁郁葱葱的森林里，花儿香、鸟儿叫、蝶儿忙，我听见自己的内心在喊："马兰花，马兰花，风吹雨打都不怕，勤劳的人在说话，请你马上就开花。"

公司的驾驶员见我一副如痴如醉的样子，就会笑话我，说："想不到四十岁的你还拥有一颗童心，相信童话故事，真是难得呢！"我听出了他话语里的调侃，作为一个少不更事的小伙子，他哪里知道，父母们所有的努力不就是要给儿女营造一个童话世界吗，要让儿女们在这个世界里拥有爱、拥有真诚，要让他们相信梦想和未来。

电话总会在半途中响起，这一定是女儿打来的，因为这时她已经睡醒。女儿才两岁多，正是黏爸妈的年纪，早上睁开眼睛看不到爸爸，就会拿起电话问："爸爸你在哪儿？"我也会愉快地告诉她："爸爸在上班的路上！"女儿就会跟我讲："爸爸记得带好吃的回来。"我当然会愉快地答应，然后女儿就会高兴地唱一首歌、背一首诗或念一段《三字经》来结束这个愉快的电话。

今天，女儿给我打电话，她没有唱歌、念诗，而是说："爸爸，你把行李落在家里了。"我赶忙仔细检查行李，却发现没有落下任何东西。我对女儿说："爸爸没有落下任何东西呢。"女儿却说："我看见那颗红心放在枕头上了！"。

原来，上周我到云南旅游，在洱海的轮船上，每人领到了一个纪念品，那是一个绣有"洱海"字样的红心绣包挂件，回来后，我将它挂在女儿的脖子上，对她说："爸爸把心交给你了。"等我坐到沙发上，女儿却模仿我的模样，将挂件挂回到我的脖子上，说："琦琦的心交给爸爸！"我当时笑着说："真乖，有了女儿的这颗红心，爸爸上班、出差就不寂寞了，我要把它当作行李，随时带在爸爸身边。"晚上睡觉时我把挂件扔在枕头边上，没想到女儿竟然这么细心，记下这件事。

女儿的话让我感动不已。车仍在继续行驶，看到车窗外一路退后的景色，我在想：如果把人的一生比喻成一趟单程旅行的话，那么金钱、地位、名誉等等所有的东西，只不过是我们在车上所取到的一些赠品，下车时什么也别想带走，而我们上下车时唯一携带的一件行李，那就是——爱。

到云南旅游，在洱海的轮船上，每人领到了一个纪念品，那是一个绣有"洱海"字样的红心绣包挂件，回来后，我将它挂在女儿的脖子上，对她说："爸爸把心交给你了。

我会给你一朵目光

一

2012年2月14日，星期二，情人节。

那天中午，我正在岳阳筹备一个会议，手机忽然响了，老婆打来电话说："你快回来，我肚子疼了一上午了，刚开始是阵痛，现在疼痛加剧了，且羊水也破了，可能是要生了。"

"医生不是说预产期是2月18日吗？怎么这么快？"我忽然有种幸福来敲门的手足无措的眩晕感。

"这么急着在情人节来见你，只怕是个女孩啊。"老婆调侃说。

"女孩好啊，知道疼爸爸。"我边和老婆调侃，边劝她赶快打车去医院。下午五点，处理完事情，匆匆赶往长沙，此时老婆已经住进了市妇幼，小孩指标一切正常。

也许是看到爸爸回来了吧，小家伙竟然平静了，不再在老婆肚子里闹腾。医生说那就先回去吧。

第二天仍平静如常，晚上，我对老婆说："看样子小家伙待在你温暖的肚子里暂时不愿意出来呢，岳阳还有好多事没处理完，明天我去一趟就回来。"

也许是这句话被肚子里的小家伙听到了，半夜就在妈妈肚子里拳打脚踢地想出来。由于住在城市南郊，在马路上等了半天竟然没等到的士，后来只能找要好的朋友开车帮忙送往最近的医院。

早上六点进产房，准备顺产，可到七点四十分，仍没生出，我急得像热锅上的蚂蚁，医生说小孩心跳减速，建议剖腹。八点四十一分，当我在产房外听到小孩的第一声啼哭时，感觉那声音有如天籁。九点十分，护士将女儿抱出产房，看着女儿粉嫩的小脸蛋，那一刻，高兴得不能自持。

是谁说女儿是父亲上辈子的情人？自从那一天开始，我信了。

二

2012年的圣诞节，和几个诗人朋友在家里聚餐，酒喝了不少，菜吃得更多，可大家兴致未减，老婆见餐桌上杯盘狼藉，说："我给你们炒几个下饭菜吧！"说着就将女儿交到我的怀里，自己去厨房忙碌去了。

女儿睁着大大的眼睛看着我，咿咿呀呀像在唱歌，我准备凑近听听，谁知小家伙撅起粉嘟嘟的嘴，给了我一个甜蜜的吻，朋友们见了，吆喝着说："这么幸福的时刻，一定得来首诗。"我已多年不写诗了，但那天我破例了，那首诗到现在我仍然记得。

当你是小草的时候／我会给你一朵目光／且以花的形式／开放在你身上／你青青的希望／会在我目光的浇灌下成长。

当你是大树的时候／我会给你一朵目光／且以风的身影／陪伴在你身旁／你绿色的渴望／会在我目光的照耀下闪光。

当你是高山的时候／我会给你一朵目光／且以蓝天的宽广／映衬在你胸膛／你挺拔的意志／会在我目光的环绕下坚强。

当你什么都不是的时候／我也会给你一朵目光／我会伴着高山流水／我会吟着夕阳晚唱／以精灵的化身／陪你飞入精神的天堂。

三

春末夏初，三岁多的女儿已长成一个可爱的小丫头。周末，带家人和朋友出去踏青，到处都是山清水秀、花红柳绿。女儿高兴得如蝴蝶追逐花朵般在和畅的风里奔跑，满脸的笑，似阳光般洒在我的心田。

　　回家的路上，大家都在微博上晒此次踏青的收获，我把女儿奔跑的照片发在微博上，配上那首小诗——我会给你一朵目光。

　　是的，女儿，我会给你一朵关注的目光，那可是一辈子啊。

且把春衣试稚子

两场春雪过后,太阳抖了抖精神,气温也跟着噌噌噌地往上长。

朋友小军忽然打来电话说:"农家乐的迎春花开了,一大片一大片满地都是,带上你家的小可爱来我这度周末吧!保准让你们开心!"

小军在南郊开了家农家乐,当初选址的时候,我曾陪他城南城北地跑了好几天,最后在植物园旁租下一大块土地。后来农家乐升级改造,小军准备把这块土地上的一大片迎春花给铲掉,我说不如就在这花丛中建一座凉亭吧,客人来了,也有一个雅致的去处。

小军果真就没有毁掉这片迎春花,而是在花丛中建了一个更加时尚的茶楼。没想到茶楼建成后,经过小军的一番修整,这里竟变得春天花香满地,夏天满目翠绿,秋天枝枝蔓蔓,冬天傲雪吐蕊,许多人被这幽静雅致的环境和热情大方的主人所吸引,农家乐和茶楼的生意竟然风生水起。

难得的周末好时光,我也就带上笑容,带上相机,携妻带女去了趟小军的农家乐。

果真被小军说对了,一进农家乐,女儿就像蝴蝶扑上花朵一样扑上那片迎春花。迎春花正吐着嫩黄的花蕊,在吹面不寒的春风里,一朵朵热情地开放着,远远望去,一团团,一簇簇,点缀在一片新绿中,开放在亭台楼阁旁。女儿开心极了,这里闻闻,那里嗅嗅,满眼的欣喜和快乐。我也被女儿的纯真所感染,端起相机,不停地捕捉女儿的身影。

这似乎是一场早有预谋的与春天的约会,孩子他妈不知何时从随身携带的包里头翻出了女儿的几套行头,移景换衣,竟然给我一个绝好的锻炼摄影技巧的机会。青山前,绿水旁,楼阁里,花丛中,都留下了女儿快乐的身影。

傍晚，在农家乐的包厢里，小军做了一大盆涮羊肉，温了一壶从老家带过来的米酒，我们边酌边聊。老婆早早地吃完了饭，无聊时，翻了翻相机里的照片，又看了看酒兴正浓的我们，神秘一笑。

我问她笑什么？她说想起一句诗！

我说："你一个平时不读书的人，怎么这会儿还有诗兴了，说来听听？" 本来是想取笑一下老婆的，谁知老婆张口就来了一句"春衣试稚子，寿酒劝衰翁"。她竟然把我们说成是衰翁了，我忽然有种被时光深深涮了一把的感觉，不过，仔细想想，老就老吧，家里反正还有个试春衣的稚子，在延续着我们春暖花开般的梦想呢！

住在城堡里

到超市给女儿买奶粉，商家送了一桶儿童玩的积木。

回家，我按图索骥给女儿搭了一座城堡，她粉嫩的小脸蛋立即流光溢彩，两岁多的年纪，竟会为漂亮的城堡情不自禁地鼓起掌来。后来，每次给小家伙堆城堡，她都会围着城堡唱歌跳舞，童心仿佛得到了极大的满足。

有一天下午，我刚搭完城堡，老婆搞卫生时没注意，一扫帚扫过去，一座漂亮的城堡立即分崩离析，散落成或圆或方的积木，女儿见状，哇哇大哭。看着小家伙的满脸泪痕，老婆心疼地边安慰边鼓励女儿自己动手堆城堡，小家伙开始有些犹豫，后来在妈妈的带领下，坐在地上认真地搭起积木来，一次、两次、三次、四次……每次到了最后盖房顶的时候，城堡就坍塌下来，我去帮忙，女儿竟然不要，她看着我说："谢谢爸爸，琦琦自己来。"

晚餐后，我在书房看书，门虚掩着，忽然听到咚咚咚的敲门声，开门一看竟然是女儿琦琦，我正惊讶于她何时懂得礼貌敲门了，她却一把拉着我的手，朝客厅走去，女儿指着茶几上的城堡，满脸稚气但又满脸真诚地说："琦琦的城堡，我要和爸妈一起住在城堡里。"我顿时被感动得眼泪哗哗。

看着地板上漂亮的城堡，我在想：也许每个孩子的心中，都有一座如童话般漂亮的城堡，里面住着他们至亲至爱的人，他们都如公主和王子一样幸福地生活在一起。但是对于父母来说，其实只要儿女健康快乐，即使住在贫民窟里，也如住在城堡里一样骄傲和满足，因为在他们的心里，爱才是最漂亮、最坚固的城堡。

睡一觉，花就开了

女儿三岁时，极喜欢攀爬，家里大大小小的家具被她爬了个遍，就差没爬上屋顶的吊灯了。

家住15楼，当初买房时就特别钟情这套房子有两个露天阳台，装修时，我封了一个阳台做晾衣房，另外一个大的阳台没有封，买来一个茶几，几把藤椅，闲暇之余，在阳台上喝茶、吹风、看书，累了凭栏远眺，很是惬意。

现在，女儿这么爱爬，每次到阳台上都让我提心吊胆，我一咬牙，遂将阳台封了起来，做成一个阳光房。

阳光房做好后，我从朋友那里剪了十来枝凌霄花插在自家的花盆里，放在当阳的地方，经过施肥浇水，枝叶很快就长得郁郁葱葱了。

昨天忽然开出了许多金黄色的花苞，我对女儿说："凌霄花开了后漂亮极了，就像一个个红艳艳的小喇叭。"女儿一听来了劲，守在花盆前不愿走了。晚餐时，我去喊她吃饭，她仍然蹲在花盆前，认认真真地盯着这些花骨朵不动，我只好把晚餐搬到阳台上。直到晚上十点多，女儿已经疲倦得不行了，可还是打一下盹就又睁开眼睛看一下花盆，我抱她去卧室，她竟然说："花还没开呢！我想看到花开的样子！"

我说："宝贝，睡一觉起来，花就开了！到时候你就能看到很多小喇叭了。"女儿半信半疑且恋恋不舍地去了卧室。

今天清晨，我去阳台给花浇水，果然看到了凌霄花全部都盛开了，小喇叭一样吹吹打打、热热闹闹地缀满枝头。我第一件事就是喊女儿起床看花。女儿一听，高兴地蹦了起来，围着花朵跳舞唱歌。看着女儿兴奋的样子，想想她昨天的执着，我忍不住哑然失笑。我在想，要是女儿昨晚不眠不休地守候一晚上，或许在半夜能够看到花开的样子,但那是多么辛苦的一件事啊,这种执着的辛苦与赏花的欣喜相比较,我觉得,还不如睡上一觉,第二天精力充沛地起来看花来得舒爽。

记得初中时,老师将我的一篇习作附上点评,推荐给《年轻人》杂志社,不久后就发表了。老师的这一常规之举却给我埋下了写作的种子,从此我没日没夜地写作,拼命地往外投稿,偶尔有一篇稿子能发表的话,会让我高兴好一阵子。那段时间,我特别执着于去学校的收发室查信件,只要有时间,我就去收发室待着,把来学校的信件翻了一遍又一遍,生怕漏掉了报社给我的来信。守传达室的老头见我如此执着,问我是不是还有重要的信件没收到,当我把我的想法告诉他后,他跟我讲:"你与其执着地在这里查信件,不如回到教室里安心写作,只要你的稿子够好,编辑老师自然会发你的稿子的。"现在想想,当时传达室老头对我说的话和我现在对女儿说的话具有异曲同工之妙啊。

是的,人的一生,就像这花一样,只要我们给足了阳光、养料和水分,在适当的季节,花总是要开的。可我们多数人都执着于花开时的绚烂,把很多本该用来休息、用来积蓄力量的时候给耽搁了。

春风十里，不如你

一

患了场感冒，咳嗽不断，吃了许久的药也不见好。那天下午，正恹恹地不想做事，忽然，电脑屏幕上QQ头像不断闪动，好久没联系且远在永州的同学——石头不知从哪里知道了消息，关切地问："感冒好些了吗？"

"还没，老咳嗽。"

"试试我推荐的偏方，用猪肺熬桑树根汤喝有用，我妈和我奶奶试过。"

"我倒是想试一试，但是这桑树根到哪去找啊！"

"你等着……"

说完这句话后，石头的头像立刻黑了，我再问他，便没了音讯。"朋友间的问候罢了，你还当真了。"我在心里嘲讽自己。

第二天中午，我正在家里熬稀饭，有人打电话给我，说有包裹要我下楼去取，下楼一看，一包桑树根，凑近一闻，还散发着泥土的芳香。包裹里的纸上写着一行字：我昨晚回了趟老家，今天早上6点刚挖的，赶在上班前托跑长途的师傅给你送来，中午应该能收到。祝好！

我无语，我只知道，服用猪肺熬桑树根汤后，我的咳嗽好了。

二

2012年10月底，女儿出生整整八个半月，那天我正在去上海出差的动车上。十个小时的旅途劳顿，我在动车上昏昏欲睡。老婆打来电话，说女儿开始发声了，好像在喊爸爸，我不信，还不到九个月的婴儿怎么会叫人呢？我让老婆把电话放在女儿耳边，哄了半天，都是徒劳，正当我准备挂电话的时候，她竟然清晰地喊了一声——爸爸，这声音是我听到的最美妙的声音，比任何音乐都动听。

那趟火车票我没舍得拿到公司去报销，它就像女儿的第一场有声演出"门票"，我要一直把它收藏在自己的钱夹子里。

三

父母亲都快八十了，均牙齿整齐、耳聪目明、鹤发童颜。老两口居住在我们县城的一隅，早上散步，晚上做操，一日三餐，悠闲度过。每次回家，看到他们身体健朗，我们都倍感欣慰。

更让我们开心的是，母亲虽然年纪大了，但做出的饭菜却依然符合我们年轻人的胃口，满桌的美味佳肴麻辣有味、香脆有劲，因此，每次回家，我都会让自己大快朵颐N次，可每次父母亲都只用暖暖的目光看着我吃，很少动筷，我劝他们吃，他们都说："我们才吃过，你多吃点"。

有一次，我在父母亲欣慰的目光里齿颊留香后，无意间看到父母亲躲在厨房里喝一碗炖得稀烂的菜粥，父亲边吃边开心地说："儿子这次吃得很好，

老太婆，你的手艺不减当年啊。"

母亲也愉快地说："满桌子的好菜只可惜我们啃不动了，不过还好，幸亏儿子没有发现。"

四十岁的我第一次知道，原来父母亲早就老了，很多好吃的菜都啃不动了。

四

春天来了，周末和朋友出去踏青，在这浩荡春风中，莫名想起那些过往，忽然觉得冯唐说过的那句话颇有道理——春水初生，春林初盛，春风十里，不如你！

那些回家吃饭的美好日常

一

若论厨艺，我真没资格进厨房，但是，父母进城的这段时间，厨房却成了我展示"才艺"的舞台，我的"利器"有两样，高压锅和汤锅，我的才艺有两种，炖和煮，其他煎、炸、炒，我一概不会。

我之所以敢在老婆面前"班门弄斧"，还得从爸妈进城说起。

前段时间，干旱了近二十天的老家下了一场大雨，正愁红薯苗插不下地的父亲，见了这场喜雨，麻利地剪了一筐红薯苗，和母亲冒雨到地里栽红薯去了。红薯苗快插完的时候，父亲一挺腰，只觉眼冒金星，直接晕倒了，母亲赶忙叫来赤脚医生（村里的老中医，也叫郎中），医生掐人中灌草药，终于把父亲弄醒了，于是送往县人民医院检查，一量血压，收缩压达 200，CT 扫描，颅内轻微出血。这件事后，我觉得不能让快八十岁的二老这样"任性"地住在老家了，于是就决定把他们接到城里。

进城第一天，由于赶路，到长沙已经华灯初上了，只能请二老在饭店里吃个饭，面对满桌子的美味佳肴，父母亲基本没动筷，倒是咕咚几声把一钵子汤喝了一大半，我以为是什么大师煲出来的汤呢，也跟着盛了一碗，只尝了一口，就全部倒掉了。叶烂肉糜，清汤寡水，基本上没什么味道，我跟服务员理论：这汤白给我喝我还嫌寡淡，你们还好意思收钱？谁知父亲白了我一眼，给服务员帮腔："这汤很好喝的。"

后来，拿着父亲的病历到医院咨询，医生说："高血压，除了吃降压药和多运动外，还得多喝少脂低盐的汤。"

于是我买回一本营养靓汤菜谱，依葫芦画瓢，照猫画虎，没想到受到父母的高度赞扬。都说乖孩子都是夸出来的，一点不假，一向爱到外面胡吃海塞的我，受到表扬后，忽然间收了心，每餐雷打不动地回家给父母煲汤。

二

整理电脑里的照片夹，无意间翻出一张和爷爷奶奶共同喝粥的旧照片，照片上我捧着一碗粥，喝得大汗淋漓，身旁是爷爷奶奶用调羹慢条斯理地喝粥的情景。

照片距现在刚好十年，2006年春天，我换了套大房子，准备接爷爷奶奶爸爸妈妈来长沙住一阵，可爸妈坚决不同意来，无奈，我只得休年假回老家看他们。

那时爷爷奶奶均是九十多岁的高龄，二老脸上虽长了些老年斑，但还算干净精致，爷爷身材瘦小佝偻，奶奶富态慈祥。回到家的第二天，我就到县城参加同学会去了，聚会持续了三天，我在外面喝了三天的酒，最后一顿，酩酊大醉，跟跟跄跄离开同学会现场，一个人悄悄跑到医院打点滴。酒醒后，给爸爸打电话，希望他来接我，可他却让我自己坐公交车回去，我当时有点生气和失望，觉得我搬新房他不去道贺，我喝醉了他也不管，一定是不够爱我，于是暗下决心第二天就回长沙。

回到家，爸妈正在给爷爷奶奶熬瘦肉青菜粥，闻着粥的香味，呕吐后强烈的饥饿感袭来，我端起菜碗大口喝了起来，这时，正好邻居小勇来了，他用手机拍下了这一幕。

晚上，我把回城的想法对爸妈说了，爸爸可能猜出了我的心思，凝重地说："你搬新房，本来该去暖房，但是爷爷奶奶这个年纪，就像棵严重空心的老树，经不起任何风吹草动，从老家到长沙那么远，万一出点意外怎么办？你那可是新房啊！还有，你别看奶奶精致干净，其实她早就大小便失禁了，你妈和我每天要给奶奶擦好多次身、洗好几次澡、换好几套衣服、洗好几盆脏衣服，才能有她的舒爽，我们还要忙活一日三餐，哪有时间去接你？你要是有年休假的话，就在家里多陪爷爷奶奶吃几顿饭吧。我不知道你们年轻人的世界，但经常看到你在外醉酒也很心那天下午，爸妈只做一件事，杀鸡买肉也好，捕鱼宰鸭也罢，就是给我弄一顿好吃的。傍晚时分，一家人团坐在院子中央，亲情和美食都很丰盛。

疼。"

那晚，父亲的话深深地印在我脑海里，我安安心心地陪爷爷奶奶度过了那个年休假。

三

初中二年级开始读寄宿，到现在我仍能清晰地回忆起每次放月假回家吃饭的情形。

每到月底，学校放假三天。到了那天中午，我就开始整理书包，放一两本作业本，书可带可不带，但两个玻璃罐头瓶子是一定要带的，因为每次返校，妈妈会炒两个好吃又不易坏的菜给我带上。

放学后，迎着太阳一路叮叮当当地回家。那时候，村里还没通车，只能徒步翻山进村，当我走到山脊时，远远地总能看见爸妈并肩站在村头那棵老槐树下，夕阳的余晖洒满他们全身，槐花开放的季节，金色的槐花像戴在他们头上的一顶桂冠。

那天下午，爸妈只做一件事，杀鸡买肉也好，捕鱼宰鸭也罢，就是给我弄一顿好吃的。傍晚时分，一家人团坐在院子中央，亲情和美食都很丰盛。

四

到定王台书店闲逛，书店门脸上悬挂着推介黄磊新书的巨幅海报，海报上有几句话深深地感动了我——所谓"回家吃饭"，大致分为三个阶段：小时候，爸妈做饭给我们吃；长大了，我们做饭给爸妈和儿女吃；迟暮了，儿女做饭给我们吃。原来，这是网友夏丽柠评价黄磊的新书《黄小厨的美好日常》时总结出来的。

就冲这几句话，我立即买了这本新书，回到家里边读边思，渐渐懂得了那些回家吃饭的美好日常，也知道了常人眼中的一蔬一饭，皆是生活；一汤一粥，皆因情浓。

幸福非车子

去上海出差，姐姐托我去外甥家看看。

外甥和外甥媳妇都很要强，在上海工作才五六年，就千方百计地在上海郊区买了套80平方米的房子，年轻的小两口工资不高，还生了小宝宝，既要养孩子，又要还房贷，日子肯定艰难，姐担心两口子要强，怕苦了孙子，就让我去看看他们的日子过得怎样，实在不行的话，家里准备给他们一点援助。

外甥买的房子靠近青浦，从他单位到他家得乘两个小时左右的公交车。路上，我建议他们买一辆便宜一点的小车，这样省去许多转车劳顿的辛苦，可以腾出更多的时间用来工作。外甥听了不置可否，只是淡淡地说了句："现在还没有买车的实力。"

到家后，外甥媳妇在厨房里忙着做菜，小宝宝在客厅自娱自乐，从整体环境来看，外甥媳妇应该是个能干的女人，家里打扫得干净整洁，小宝宝也打扮得时尚靓丽，房间虽小，但空间利用却很得当。在他家的客厅里悬挂着一幅非常醒目的十字绣，是外甥媳妇亲自绣的，一朵鲜艳的玫瑰花旁竖排着五个字：幸福一辈子，那个"一"很特别，用白色的丝线绣的，簇拥在黄色的字体中，不注意还真看不清。

那晚，外甥媳妇做了一桌丰盛的佳肴，我和外甥对饮，不知不觉我又说到买车的事，我对外甥说："别人是朝九晚五，你这是起早贪黑啊，还是买辆便宜点的车吧，这样上班你就不会这么辛苦，实在没钱的话，就向你爸妈借点！"

外甥却感激地说："爸妈也不容易，我们上学时花了不少钱，现在工作了，不能再伸手向他们要钱了。再说我们现在很好啊，我已从基层调到公司总部了，工资也涨了一些，小肖（我外甥媳妇）虽然工资不高，但还算稳定，等再过两年，把房贷还完了，我们会考虑买车的事！"

在他家的客厅里悬挂着一幅非常醒目的十字绣,是外甥媳妇亲自绣的,一朵鲜艳的玫瑰花旁竖排着五个字:幸福一辈子。

听完外甥的话，我由衷地替姐姐感到高兴，她不用担心这小两口了，因为我在他们身上看到了有理想、能吃苦的新一代形象。

俗话说，人逢喜事精神爽，那晚不知不觉就喝高了，第二天起床，外甥他们早就出去工作了，客厅的茶几上留下了早餐和一张纸条，纸条上写着："请舅舅转告我爸妈，谢谢他们的关心，我们现在还年轻，辛苦点无妨，我们会努力工作，定会有一个美好的未来。"

我吃完早餐准备离开时，猛然又看到挂客厅的那幅十字绣，眼睛一花，竟然看成了"幸福非车子"，我会心一笑，好聪明的外甥媳妇啊！

明月清风我

　　女人走后,他抬头看了看天,星星亮晶晶地嵌在深邃的天幕上,像女人闪烁的泪光在黑色的瞳孔里跳动,又像女人廉价的黑色毛衣上嵌着的珠子一闪一闪。

　　他来这个山坳里守仓库快两个月了,方圆几十里,除了连绵起伏的山脉,很难看见人烟,只有一条铁路正在这山体中慢慢延伸。偶尔有施工队过来领东西,悉数点清后,卡车绝尘而去。

　　仓库是一个简易工棚,里面除了一堆钢筋、水泥、炸药和各种挖掘机外,什么活物也没有。

　　每天晚上,他坐在工棚前,边抽烟边听山里的各种声音。清脆的,是鸟鸣;凄厉的,是兽吼;细细碎碎的,是蛇、野兔或穿山甲之类的小动物;低声嗡嗡的是苍蝇、瓢虫、萤火虫之类的小飞侠。山风潮水般涨起又退去,树上的叶子如风吹麦浪般高低起伏。山洞里发出的声音最琢磨不定,一下子低低沉沉、呜呜咽咽,似妇人在哭泣;一下子排山倒海、凄厉嘶鸣,像万马在奔腾。

　　他不害怕这些声音,但害怕寂寞,他边抽烟边想:要不是女人求爹爹告奶奶的为他奔波,他至今还在监狱里待着。

　　女人是他在厨校里认识的,报到的时候,女人走在他的前面,身材匀称高挑,她麻利地交完钱,领到刀具后,回头碰到他的目光,害羞地笑笑,走开了。他当时认为,女孩子家在能煲个汤、炒个家常菜就很不错了,何必到厨校里来颠锅倒勺、烟熏火燎地学厨艺?

　　第一堂课是刀功课,将一块豆腐切成上万根豆腐丝,往水里一放,不粘连、不断丝,根根浮到水面且粗细均匀才行。他练了一个月,也没练成,而她只学了一周,就达到了老师的要求,于是,老师要他去向她学习。

那天下午，她一个人在糕点室练习白案，他闯了进去，只见她浅笑盈盈地坐在桌案前，面团在她纤细的手指上轻盈翻飞，桌案上摆满了各色包点，红牡丹、白玉兰、绿画眉、黄鲤鱼、紫鸳鸯……样样栩栩如生，看得他眼花缭乱，也看得他心花怒放。他想：和这样的女人一起生活，应该是活色生香的。于是，一年后，他把她带回了老家。

他们在县城开了家餐馆，店面虽小，但生意却很火爆，他的大小炒菜色香味俱佳，她的各色包点小城一绝。两年后，他们迎来了可爱的儿子，也迎来了生命的转折点。他的一个小学同学邀请他去广东开饭店，他变卖了所有家当和餐馆，到同学那里入了股，然而，一年后，同学却携款潜逃。他放弃工作，四处寻找，终于在东莞的街头找到同学，谁知对方死猪不怕开水烫，就是不还钱，一气之下，他用刀捅了同学三刀，所幸同学没有生命之虞。

他进了局子。

此时的她再一次身怀六甲，她腆着个大肚子，在东莞的街头四处求人，终于在一个老乡的帮助下，把他"捞"了出来。后来，老乡承包了铁路上的一条隧道工程，为了感恩，他主动去山坳里帮老乡守仓库。

由于仓库里有炸药，不能生明火，不能做饭，他就用一箱又一箱的方便面充饥。

女人心疼男人，知道山里寒气重，就从很远的镇上买来了20只小鸡和一个电饭煲，告诉他，等鸡长大了，就炖鸡汤自己补一补。他从山上砍来许多竹子，围起一道篱笆，将鸡散养在篱笆里，没有鸡饲料，他就跑到山坳里挖蚯蚓、抓蚱蜢、捉昆虫，悉心照料，像对待出生的婴儿。

一年过去，隧道完工，鸡也长得膘肥体壮。

老乡要在镇上摆酒庆贺，他将鸡全部带到酒店，亲自操刀，一只不留。吃过庆功宴的人都赞叹鸡肉的细嫩肥美，没有人知道，只有他一口没尝。

很多人都想知道他和她是谁？告诉你吧，他是我妹夫，她是我妹妹。守仓库那一年，是2001年，他24，她23。

我后来问妹夫,山坳中无数个漫长的黑夜里你会想起些什么?

妹夫沉默了许久,淡淡一笑,说:"那时候,我会常想起苏轼的那句话:与谁同坐?明月清风我。"

他想：和这样的女人一起生活，应该是活色生香的。于是，一年后，他把她带回了老家。

你是天边最美的云彩

"死鬼,你怎么还在太平洋上吹风啊!也不知道我有多担心你!"

下班回家的路上,菊姐拨了几次老公的手机仍无法接通后,在心里嗔怪地骂了一句,有点失望地挂了。她知道,此刻,老公一定还航行在蔚蓝色的海洋上。她也知道,由于海洋上无法建立手机信号发射基站,对于手机来说,海洋就是一片盲区。

菊姐大学读的是计算机专业,以前只对"0"和"1"这些数字感兴趣,对文学世界里那些你侬我侬的相思故事总是嗤之以鼻,可自从嫁给船员丈夫后,她才知道原来相思是如此的蚕食人心,也深刻理解了"泥牛入海,杳无音讯"的残酷!

不过,不愉快总是暂时的,菊姐很快又打起了精神,利利索索地拐进菜市场买菜去了,毕竟家里还有两个嗷嗷待哺的孩子在等着妈妈的美味晚餐呢。

菊姐当初和老公谈恋爱时,老公还是海事学院的一介书生。没想到,毕业后,老公成了海洋上的一只"风筝",大部分时间"飘"在五大洲四大洋上。别人家的客厅挂的都是名贵字画,菊姐家客厅挂的却是一幅大大的世界地图,几乎占住了整面墙。每次轮船靠港后,老公都会给菊姐来个电话报平安,菊姐接完电话后,就愉快地像幼儿园的老师一样,在那个国家的地图上插上一朵小红旗,并标明日期。

前几天,我去菊姐家做客,看到世界地图上密密麻麻的小红旗和日期,羡慕地说:"你老公真幸福,去过那么多的国家。"菊姐笑着说:"你呀,是没出过海,不知道船员的辛苦,汪洋大海上,风大浪急船颠簸,一连个把月有时甚至几个月都靠不了港,我是担心他的安危,所以他每一次靠岸,就会把红旗贴上去,心里就能愉悦好几天呢。虽然他去的国家多,但他们不管到哪个国家,都只能在港口附近的城市转悠,因为用不了几天,装完货或卸完货后就又得继续出发。他是个细心的人，每到一个国家都会给我带一个礼物回来。"

　　说完，菊姐领我去参观她的礼物储藏室。一间不大的房子里排列着两排货架，货架上摆着各式各样的礼物，有美国的花旗参、法国的香水、巴厘岛的蜡染布、意大利的穆拉诺玻璃、波斯的地毯、瑞典的水晶、爱尔兰的毛衣、俄罗斯嵌套布娃娃、墨西哥的陶器、瑞士的军刀……林林总总，像间小超市。每件礼物上都配了一张小卡片，卡片上有她老公购买礼物时写给菊姐的一段情话，同时标明了购买的时间、地点以及他在那个国家的一张照片。

　　从储藏室出来，我由衷地对菊姐说："你们俩真浪漫啊，结婚十多年了还像初恋时一样浓烈！真好！"。

　　菊姐也笑了，幽默地说："当然了，久别胜新婚嘛！"，然后话锋一转，说："其实，你是不知道相思苦啊，用一首歌词来形容，那就是——他呀，是我天边最美的云彩，我却没有办法天天把他留下来，我只能悠悠地唱着《相思风雨中》，期待着他回来时最美的姿态。"

　　尽管菊姐说话时是那样的轻松，但菊姐讲完后，我分明看到她眼睛里蓄着一汪如海水一样咸咸的液体。

把你放在心上

端午节回老家,坐在沙发上和父亲闲聊,他忽然对我说:"用了几年的手机,到现在还不会发短信呢!"

于是我拿过父亲的手机,手把手地教他怎么发短信。

父亲虽然70多岁了,但身体还算硬朗,思维也还活跃,教了几遍他就会了。

傍晚,我在厨房帮母亲择菜,手机忽然响了,一看是父亲发来的一条短信,就四个字:"儿子,您好!"。我走出厨房去看父亲,父亲像个做错事的小学生一样,立即从沙发上站起来,羞涩地说:"刚学会,试着发一发!"

我跟父亲说:"短信发得很好,多练习几遍就熟能生巧了!只是有个字您用错了。'您'是一个人称代词,是一方对另一方的尊称,您是我的父亲,是长辈,长辈对晚辈应该用你。"

父亲哦了一声,算是接受了我的观点。

这时母亲恰巧端了盘菜出来,听到我们的对话,说:"你爸爸是读私塾出身,哪分得清您和你,你读大学时,常写信回家,他也给你回信,用的就是'您'字,当时你二叔说他写了错别字,他还不信。这回儿子说你了,老头子,你总得承认吧!"

父亲满脸不悦地对母亲说:"你认得几个字,关公面前耍大刀,跟我说这些,快去厨房炒你的菜吧!"

听着父母的调侃,我仿佛又回到了读大学的那段时光。那是我第一次远离家门,远离慈祥的父母和可口的饭菜,因此,每当我学习之余就特别的想家。想家的时候,就常提笔给家里写信,写学习的烦恼、写伙食的差劲。父母每次接到信后,除了给我寄钱外,还常给我回信。信的内容无非是要照顾好自己,别舍不得吃穿之类的话语，我当时还真没细看父亲回信时用的是"您"字。

第二天午餐过后，我和妻儿打点行装，准备回城了，父亲忽然来到房间，拉着我的手说："路上注意安全，在单位和同事要和睦相处，千万别惹事，没事就常给家里打电话，你母亲时刻把你们几个放在心上，动不动就在家里唠叨，说不管你们长多大，在她的眼里你们始终是个孩子。"把你放在心上，这不就是一个"您"字吗？当我听到这句话时，忽然间明白了父亲短信中"您"字的含义。

望着父亲慈祥的的面容，我用力地点了点头，此刻，一股暖流已在心里缓缓流过。

没事就常给家里打电话，你母亲时刻把你们几个放在心上，动不动就在家里唠叨。

母爱是夏日里一杯清凉的茶

气温一直高烧不退，昨天竟然攀升到了 41 度。这么热的天，再加上 40 多天没下过一场雨，心情如野外的荒草一样，满是焦躁。

人一焦躁就容易上火，逮着谁都没有好脾气，这让我特别怀念爸妈住在长沙的那段时日，那个时候，每到夏天，爸妈就给我熬凉茶，本来狂躁的心，一杯凉茶下肚后，竟然如清风拂过，熨帖舒畅了。

记得 2006 年的夏天，气温同样这么高，湘潭的表姐想接我爸妈去她家住一阵子，打电话跟他们说了好几回，每次都见爸妈在电话里爽快地答应了，但就是不见成行，于是表姐亲自租车来长沙接他们，我见他们在房间里磨蹭了半天也不愿走，就去催，只见妈怏怏地说："我们去湘潭了，哪个给你做饭？"

"拜托，我都三十岁的人了，做个饭菜我自己会动手，实在不行的话，大不了吃几天食堂。"妈妈见我不高兴了，就转移话题说："那谁给你煮凉茶呢？""这个你也不用操心，我都准备好一箱王老吉了，你们就放心去吧。"爸妈见我下起了"逐客令"，就厨房里忙活了一阵后，对着正在上网的我千叮咛万嘱咐地走了。

其实，煮凉茶是妈妈夏日里的"保留节目"。记得小时候，我肝火重，一到夏天就浑身起疙瘩，加上我小时候爱动，一天到晚在外面疯玩，玩得尽兴的时候甚至连自己脱水了都浑然不知。有一次，我从外面玩了回来，刚刚坐下就晕倒了，幸亏爸妈发现及时，把我送到了医院抢救，医生说是中暑了，以后要多喝凉茶，也就是从那时起，我们家每到夏天就能喝到甘冽清爽的凉茶。

妈妈煮凉茶的时候特别讲究，冰糖、野菊花、金银花是一定要放的，配上一种在我们家乡名叫作苦伏藤的长藤，再加一点点甘草片，用文火慢慢地熬，大老远就能闻到一股沁人肺腑的凉茶的清香。每当放学回家，闻到那股清香，就觉得自己神

打开冰箱,只见冰箱的最上一层挡板被抽掉了,在第二档板上放着一个大大的铁皮桶子。

清气爽。

　　那时候的农村没有冰箱，煮好的凉茶不能久放，妈妈就想出了一个好主意，每天把煮好的凉茶放在一个密闭好的铁皮缸子里，然后再把铁皮缸子吊到冰凉的井窖里，等我们放学回家，就把凉茶从井窖里提出来，冰冰凉凉的，喝了既解暑又清火。

　　小时候，我们家后面就是一座大山，每到金银花和野菊花盛开的季节，妈妈总会背着一个小篓子上山，采摘花朵。我记得有好几回，妈妈为了采金银花被马蜂蜇了，可她从无怨言。现在就是到了长沙，妈妈也总是托人在家乡采摘这几样东西，好让我在长沙继续享受这种冰凉一夏的感觉。

　　爸妈去表姐家后，没有了他们的唠叨，我像刚出山的孙猴子，的确海阔天空了一番。不过好景不长，就在我暗自庆幸爸妈不在家的逍遥自在时，有天夜里，有几个朋友嚷着去喝酒，几番推杯换盏之后就喝高了，回到家后感觉口干舌燥、肝火上升，冲了凉澡、开了空调仍觉燥热难耐。要是平时，爸妈早就把清凉可口的凉茶递到手上了，这会儿，爸妈不在，到哪找凉茶去？

　　记得爸妈走的时候，我还曾口口声声答应他们去买王老吉的，可当时他们走后，我只顾着玩，压根把这事给忘了，现在口干舌燥得实在难受，于是就跑到厨房的冰箱里找饮料喝。打开冰箱，只见冰箱的最上一层挡板被抽掉了，在第二档板上放着一个大大的铁皮桶子，桶子上贴了张字条："我们知道，你准会把买凉茶的事给忘了，这些凉茶够你喝一个礼拜的，七天后我们就回来。"看着这张字条，我的眼泪忍不住掉了下来。

哑光的母爱

我一直认为母亲是一个很木讷、很不会表达情感的人。

因为从有记忆开始，我几乎没在母亲的怀里撒过娇，母亲待我们几姊妹也是那种"爱理不理"的表情。

在村里读幼儿园时，尽管母亲每天风雨无阻地接送我，可我却并不喜欢她接送，因为，别的小朋友看到自己的母亲，都可以迅速地扑进妈妈的怀抱，边撒娇边亲昵，而我却只能跟着母亲回家，连牵手都很少有。

初中的时候，我考进了镇上的实验班，学习压力非常大，老师要求我寄宿，母亲怕我穿不暖吃不饱，坚持每天早晨五点钟起床，将我一天的饭菜全部做好，装在两个保温盒里，然后走十多里山路将饭菜给我送到学校。冬天的时候，天亮得特别晚，经常是母亲将饭菜做好了，天还没大亮，母亲就一个人拿着手电筒，走在那条通往学校的弯弯山道上。有一次放月假，父亲跟我说："自从你进了实验班，你母亲每天起早贪黑、披星戴月、风雨无阻地去学校给你送饭，这哪是你在读书呀，这分明是你妈妈在读书呢。"可母亲只是淡淡的一笑，就去忙碌别的事情去了。

记忆中最清晰的一次母亲表达对我的关心，是我到县城读高中时第一次放假回家。那个时候，村里还没通车，只能徒步翻山进入村庄，当我背着行李走到山脊时，远远地看见母亲和村东头的那棵老槐树并肩站在山坳里，阳光洒满她的全身，身后金色的槐花热烈地开放着，风吹起她的衣襟。我能从她的站姿捕捉到她的盼望，我快步走到母亲的跟前，看见她的眼里蓄满了激动的泪水，嘴唿嚅着想要说什么，但终究还是什么都没有说出来。

后来，随着我考入大学，走进城里，娶妻生子，母亲也总是忙前忙后地为我操劳着，但从来不在我面前表达过她的喜怒哀乐。

今年五一节带女儿回老家看望父母，母亲看到久未谋面的孙女，抱在怀里亲了又亲，我说："我小时候你都从未亲过，没想到现在女儿倒享受到了你的这番亲昵，真成了隔代亲了。"

母亲放下女儿说："不是我不想亲你们，是我们以前要顾及你二大爷他们老两口的感受，都是左邻右舍的，如果我和你父亲天天抱着你们亲昵，让无儿无女的二大爷看见了怎么想？人活着，自己开心固然重要，但也要顾及别人的感受。"

母亲说完，看了我一眼，忽然指着我的皮鞋说："你这亮光的皮鞋太刺眼了，还是换双哑光的吧！自己穿着舒服，别人看着也习惯。"

这时我才想起两年前，邻居二大爷去世时，母亲还打过电话问我，是否愿意捐点钱，因为全村人都想为他们老两口立个碑呢。

远远地看见母亲和村东头的那棵老槐树并肩站在山坳里,阳光洒满她的全身,身后金色的槐花热烈地开放着,风吹起她的衣襟。

母亲的菜

在我的记忆中，母亲虽然是"根正苗红"的炊事班出身，可她却是一个最没有资质和最没有发展潜力的厨师，挥铲弄锅几十年，却几乎没烧过几个让我们几姊妹大快朵颐的菜。她做菜的套路只有两招，一是蒸，二是煮，总是满满的一大锅子，虽然喂饱了我们的肚子，喂壮了我们身体，却饿馋了我们的嘴。

为此，我们没少向母亲提建议，希望她能把菜做得精美一点，以免影响我们的食欲，大哥干脆搬出孔夫子"食不厌精，脍不厌细"的名言来教训母亲。可母亲总是不置可否地笑笑，说是父亲喜欢这样吃，算是搪塞了我们。

最有意思的一次是我妈的一个同事有一天来我家做客，吃了一次妈煮的饭菜后，摇了摇头说："怎么搞的，以前在炊事班的时候，你的菜还做得挺不错的，怎么现在做得这么差劲了？看到你真让人想起九斤老太的那句名言，一年不比一年了。"母亲当时羞得满脸通红，可我们却高兴得乐开了花，总算有人为我们抱不平了，我们当时天真地以为经过那一次出丑，母亲一定会"改过自新"，好好地为我们做饭菜了。可谁知，母亲并没有"痛改前非"，而是一如既往地继续"煮"着她的菜。

后来，我们三兄弟相继考上大学，两个姐姐也都成了家，以前热热闹闹的家里现在空落落的，因此我就把母亲接到我所在的城市来住一段时间。尽管那段时间我很忙，可我仍然坚持不要母亲做饭菜，虽然嘴里说是怕累了她老人家，可更主要的是怕她做的饭菜不合我的胃口。可临回去前，母亲还是坚持要帮我做一顿饭。我没有反对，我害怕我的反对会给她老人家带来不开心。

那天傍晚下班后，只见母亲在厨房专注地炒着菜，餐桌上已经摆好了几味色香俱全的佳肴。母亲见我回来了，开心地说："尝尝妈妈的手艺，我可是几十年没有

我顺便夹起一块鱼放到嘴里,香香的,甜甜的,别提有多美。

露这一手了。"闻着这香喷喷的菜香,再想想母亲以前炒的菜,简直不敢相信这是出自同一个人之手,母亲见我满脸疑惑的样子,就嗔怪地说:"别忘了,你母亲以前可是一个好厨师。"

"那为什么以前你炒的菜那么难吃?"

"那个时候家里穷,你们五姊妹读书的开销又大,哪有时间和精力去侍弄吃的,即使有时间,你爸也怕我把你们惯出挑肥拣瘦的坏毛病,所以就……现在好了,生活变富裕了,家庭压力也减少了,当然得好好地给你们做两顿饭了,这也是对你们过去的一种补偿。"妈妈开心地说着,我顺便夹起一块鱼放到嘴里,香香的,甜甜的,别提有多美。

一田禾花鱼

前两天,母亲打电话来说,父亲又到镇上买鱼苗去了。

我一听就火了,跟母亲说:"他一买回来,趁他还没把鱼苗放到田里去,你就一锅给炖了,看他还养不养这劳什子鱼。"

母亲不敢,只是嘴里嘟囔着:"我看这老头子是越发的糊涂了。"

我也认为,父亲养禾花鱼基本上属于闲得蛋疼的无聊之举。因为这十多年来,他养的禾花鱼不是被雨水冲到下面的梯田里去了,就是丰收后基本上送人了,自己并没吃上几条鱼。父亲的理由很简单:"你们不在家,我们老两口也吃不下多少,乡里乡亲的,几条鱼,还好意思送到镇上去卖?大家吃了,图个开心。"

我们邵阳老家属典型的丘陵地区,稻田大多数是梯田,因为少有湖泊,所以鱼类一般养在梯田里。开春时,趁着雨水充足,将田地整理好,满满地蓄上水,再买上几十尾鲤鱼、鲫鱼等,放养在插好的禾田里,禾田里养料充足,如果风调雨顺的话,等盛夏"双抢"时,鱼也长得膘肥体壮了,我们统称这些鱼为禾花鱼,这个时候的禾花鱼格外鲜美。

但事实往往是天难遂人愿,春夏之交,我们老家不是遇上旱天就是遇上洪涝。如果遇上旱天,要想禾花鱼长得好,就得用抽水机到下面的河里去抽水,那养鱼的成本就会大大增加,豆腐花了肉价钱,很不划算。如果遇上洪涝,雨水没过田埂,不及时处理的话,禾花鱼就会顺着雨水跑到下面的田里去,成了人家的"收成"。

别人养禾花鱼都选离家近和地势低的梯田来喂养,那样方便管理。可父亲有一怪癖,养禾花鱼的梯田一定选在最高处。他说,高的地方流浪猫少,猫偷吃不到鱼。可他每年买百把条鱼苗放到田里去,收成时却没几条,原因很简单,因为鱼都"跑"了。

记得1998年的5月，我临近大学毕业，当时有家单位要与我签劳动合同，我没把握，就回家征求父母亲的意见。那几天正赶上老家的雨季，大雨哗啦啦地下个没完，母亲见我回来了，高兴地要父亲去田里捞几条禾花鱼回来，于是，我就跟着父亲出门。

到达山顶时，我傻了眼，禾田里的雨水已经漫过田埂，禾花鱼在水田里欢蹦乱跳，有几条力气大的禾花鱼如鲤鱼跳龙门一样一个翻身，箭一样"飞"到下面的田里去了，我赶忙用锄头在田埂边放了一个豁口，再用鱼筝拦住禾花鱼，没多久，鱼筝里就装了好几条鱼。父亲见好就收，我说："把田里的水放干些，鱼就跑不出去了。"父亲不同意，催促我说："赶快回家吧，你母亲在家等着鱼做饭呢。"看着在继续"逃跑"的鱼，我想，回家后一定给父亲"上上课"，他这种养鱼的方法纯粹是"劳民伤财"，可后来因为事情多竟把这事给忘了。

今年清明节，我特意回了趟老家，一是回去扫墓，二是给70多岁的父亲上"课"。我抱怨父亲说："您每年辛苦地养禾花鱼，可每次到快有收成的时候却让它跑了，还不如不养呢！"

父亲没有恼怒，只是说："我给你讲个故事吧。28年前，你还在读初中，你哥哥姐姐有的在读大学，有的在读高中，那时家里穷，几姊妹的学费和生活费是个沉重的负担。那年5月，天下着大雨，你哥要去县城参加高考前的集训，可家里实在没钱给他，我借了好几家也没借着。后来，同村的坤叔知道了此事，就喊我去山上看禾花鱼，他家的梯田就在我家梯田的上面，坤叔故意将田里的水蓄得满满的，不一会儿，我看见他家的禾花鱼全都活蹦乱跳地进到了我们田里，我心知肚明，这是你坤叔通过委婉的方式在帮助我，他这样做有两个原因，一是他好向家里交代，鱼是因为雨水大跑掉了，二是他知道我的脾气，不会随意接受人的帮助。那天，我二话没说，抄起鱼筝将两家的鱼全部网住，然后挑着满满当当两大桶鱼到镇上去卖，那一年，你哥鲤鱼跳龙门般考上重点大学。后来，政策好了，家家户户都殷实了，可我只想通过这种方式感谢大家……"

听父亲讲完，我忽然觉得父亲是那么的可爱。

我们邵阳老家属典型的丘陵地区,稻田大多数是梯田,因为少有湖泊,所以鱼类一般养在梯田里。

不负春光不负卿

周末,正在格子间埋头苦干,接连收到好友小军发来的几条微信,第一条是老树画画,一看标题——"天天忙些破事,岁岁辜负春风,去他个娘!"雪藏在心底最柔软的那一块立即被击中,瞬间泪奔。

第二条是小军他们春游的照片,花红柳绿,神采飞扬,配了个"出来走走,莫负好春光"标题,忍不住想哭出来。

"不带这样打击人的。明知道我要加班。"我立马回复。

"好朋友是拿来打击的。"对方神神叨叨。

"好春光是拿来辜负的。"我按照他的逻辑思维回了条信息后彻底关机。

老实说,我不是一个特别勤快的人,心也不是那么有定力,之所以能在这么一个春暖花开的季节,成天驻足在办公室里,板凳坐穿般待在格子间里加班,是因为迫于老板的"淫威"。

春节过后,不知是何缘故,同行里倒闭了几家大公司,都说兔死狐悲,可我们老板却偏偏"捡了死鱼"。有人说,肯定是老板家祖坟上冒了青烟,要么就是他半夜起床尿尿遇见了财神爷,因为自从少了几个"抢蛋糕"的大佬,我们公司的业务成天忙不过来。

都说事业是男人的另一张脸面,此话一点不假,业务上了台阶后,我们老板也来了个华丽丽的转身,一改平时抠门小气的形象。加班按小时计算,三倍的加班费不打紧,还提供免费的下午茶和宵夜。平时老板着的脸庞,舒展得像擀面杖下的一张面,平平整整,一点皱褶也没有。虽然我的理想也跟大多数人一样是不上班,可我没有那么多钱去任性,上有老下有小,嘴一张都是无底洞,因此,对于没完没了的加班,尽管有些不情愿,但为了"钱途"着想,还是会主动去加班的。

其实，加班不可怕，可怕的是朋友圈里发踏青的照片。尽管很多景致，年年相似，没什么值得羡慕的，但看到朋友们桃花红李花白地在美好的春光里浪漫，我的脸就在格子间里一阵红一阵白地遗憾。作为一个男人，以前不理解"怨妇"是什么样的心情，经过这段时间的折腾，终于知道，其实，"怨妇"就是心里痒痒的想干某件事，而现实却总不能满足。

那天晚上，我带着这种"怨妇情绪"回到家里，母亲正在炒菜，父亲在阳台上锻炼，妻子正在沏茶，我倒在沙发里。小孩跑过来，在我的身上爬来爬去，我一下子"怒火中烧"，大喊滚开，并伸手就是一巴掌。小孩哇哇大哭，一家老小立马停下手中的活儿，来到客厅询问。我懒得跟他们解释，翻身继续窝在沙发里。妻子带小孩进了房间，父亲沉默了一下，拉起我，说："出去走走吧。"于是，我跟着父亲出了门。

家门口有个湖，环湖一圈十公里左右，父亲在前面默默地走着，并且速度越来越快，我跟得很吃力，汗很快就冒出来了。就在我感觉快走不动的时候，父亲却抓住我的双臂说："再快点。"我咬牙往前走，那时，我一身都被汗湿透了，除了腿在机械运动外，头脑一片空白。时间就这样一分一秒地过去了快两个小时，可奇怪的是，等我们快到终点的时候，我忽然感觉浑身轻松，迎着微醺的湖风，呼吸着沁人的空气，心情也跟着愉悦起来。

我主动跟父亲说起自己莫名的情绪，父亲说："我早看出来了，这段时间由于压力过大，你积累了很多负面情绪，出来走走，感受一下春风的酥暖，心情是不是好很多？其实，自然界花红柳绿的好春光，不应该辜负；生命中，上有老下有小的好时光，更要懂得珍惜。"

父亲的话让我醍醐灌顶，顷刻间，浑身上下充满了力量。那天晚上，回到家时已近十点，暖暖的灯光下，看着慈祥的母亲和亲切的妻儿，忽然想起一首诗：春浓怎奈风月轻，既来尘世可无情？执手共漫花枝下，不负春光不负卿。

作为一个男人，以前不理解"怨妇"是什么样的心情，经过这段时间的折腾，终于知道，其实，"怨妇"就是心里痒痒的想干某件事，而现实却总不能满足。

守住一湖春

风柔柔的，阳光正好，这样的午后适合去湖边走走。

母亲扛起轮椅噌噌噌地下楼，儿子背着父亲跟在母亲身后，儿媳妇在沙发上找着袄子和靠枕，出门时还不忘带上一壶刚刚沏好的碧螺春。

湖是南湖，可在他们心中却是"蓝湖"。澄澈的湖水一年四季都是蓝色的，只不过春天是湛蓝、夏天是深蓝、秋天是瓦蓝、冬天是浅蓝罢了。一场春雨将环湖路冲洗得清爽干净，一尘不染，路边的花草和绿篱，经过一冬的干渴，此刻终于吸饱了雨水，神采奕奕地伸展着。玉兰花在树梢上顾盼生辉，郁金香在树下立杆含苞，三色堇却匍匐在地上恣意地怒放着，还有白晶菊和石竹花红红绿绿、星星点点地缀在其间，恰似一幅层次分明的织锦。

三个人的脚步和这午后的阳光一样，沿着环湖路不紧不慢地走着，走过天灯嘴时，坐在轮椅上的父亲忽然问："不知对面龟山岛上的荠菜可好？"那语气极似自言自语。

听到这句话，母亲平静的脸上抽搐了一下，心里涌起一丝涟漪，仿佛有谁在平静的南湖上投了一颗石子，往事就一圈圈地荡漾开来。

五十年前的那个春天，他从北京来、她从上海来，天南海北的两个年轻人，在"到广阔的农村去，必有大作为"的感召下，和很多知青一样聚集到了岳阳。他参加围湖造田、种树治沙，她负责走村串户、打针送药，那年月，洞庭湖区血吸虫病闹得厉害，他们这些知青用知识和热情浇灌这片土地，他们口里喊得最多是"敢教日月换新天"。然而，第一年老天还是给他们一个不小的打击，他们在君山岛上种的油菜颗粒无收。

都是长身体的年纪，大食堂那点米饭根本吃不饱，他干活总是很卖力，因此胃里仿佛有个无底洞,米饭吃进去一会儿就不见了踪影。说实在的,那时大家的肚子里叫声跟唱样板戏似的,连咕咕声都是一个腔调。她见他饿得实在可怜,就将自己的米饭分一半给他,可还是不够。于是,每年春天,她到龟山岛附近出诊时就会背个空篮子出门,将药箱放在空篮子里,走村串户回来后,药箱高高立在装满荠菜的篮子上,饿了时,他和她就将荠菜用开水烫熟后充饥,多余的荠菜她会洗净后用坛子腌好,以备不时之需。结婚时,他俩来到南湖边,他抓住她的手,对着龟山岛跟她动情地说:"你就是我的荠菜,见到你,春色便铺满了我的心。"

后来,知青们返城,他们却没有回去,他们在南湖边上建了座房,拐弯就能看见龟山岛。每年的春天,她还会去挖荠菜,儿子记得最清楚,儿时的春天,荠菜羹、荠菜饼、荠菜汤,母亲变着花样的给他们做荠菜。再后来,父亲因高血压中风,双腿瘫痪,他们便再没有去过龟山岛。

"我们去龟山岛挖荠菜吧!"儿子提议,父母亲都没作声,但眼睛里都亮亮的。于是儿子便背起父亲,穿过一丘丘金黄的油菜花田来到了龟山岛,两个女人高兴地在岛上挖荠菜,轻盈得如同上下翻飞的两只蝴蝶,父亲看看她们,又看看南湖,悠悠地说:"是南湖水滋润出这么好的荠菜,我要守住这湖春。"

儿子没说话,蹲下身,嘴深深地吻在父亲的手背上。

　　五十年前的那个春天,他从北京来、她从上海来,天南海北的两个年轻人,在"到广阔的农村去,必有大作为"的感召下,和很多知青一样聚集到了岳阳。

艾香蒲酒度端阳

连续下了几天的雨,傍晚,天空终于放晴了。

三岁的女儿困在家里好几天,见雨停了,终于按捺不住兴奋的心情,骑着自行车满小区转悠,我怕她摔着,只能一路小跑地跟着,却不知不觉来到小区的西南角。

西南角是小区特意打造的一个微缩版公园,亭台楼阁、花草树木样样齐全。那里还种着几棵石榴树,几天没去逛,没想到石榴花竟然开了,远远望去,碧绿的枝叶间,石榴花红艳艳地缀满枝头,一朵挨着一朵,花团锦簇,开得热烈而奔放。在初夏的万绿丛中,像天边的一道彩虹,显得艳丽而耀眼。女儿也停下车来,驻足观看,目光所及之处,皆是绿叶红花,一派生机。一阵风来,沁人心脾的花香伴随雨后湿润的空气沁入五脏六腑,顿感心旷神怡,神清气爽。

"五月榴花妖艳烘,绿杨带雨垂垂重,五色新丝缠角粽。金盘送,生绡画扇盘双凤。正是浴兰时节动,菖蒲酒美清尊共,叶里黄骊时一弄。犹瞢松,等闲惊破纱窗梦。"这样的雨季,这样的石榴花,这样的情景,忽然想起宋朝文豪欧阳修的这首词,才知道,一直忙碌的我,竟然忘了端午节马上就要到了。

记得小时候,母亲是特别重视端午节的。每年农历的四月上旬开始,她就忙碌起来。先是烤上满满的几缸子烧酒,然后到镇上去买些冰糖回来,再到河边割些菖蒲,洗净后将菖蒲切成米粒状,连同冰糖一同放进粗瓷酒缸里,密封好,放在阴凉处。待到端午节那天,坛盖一起,芳香四溢,此时酒已成琥珀色,父亲挑上两坛子菖蒲酒去外公家送节,我们则背上母亲亲手做的粽子跟在父亲后面。

外公家在一个叫黄天湾的小山村,与我们家只有一河之隔,那条河叫辰河,是资江的支流。小时候,过河的桥还没修好,只能坐船,辰河虽不宽阔,但水质

今年的端午节，一定要从繁忙的工作中抽身而出，回趟老家，在家里点上一炷艾香，喝上一缸用思念酿的酒，即使醉了，也是醉在家乡的门槛上。

清洌、水草丰沛，坐在船上，能清楚地看到长在河底的丝草和游弋于水底的鱼虾。最好玩的是，河的靠岸有一片滩涂，滩涂上长满了荷花，片片荷叶，像一张张撑开的绿伞，轻浮于河面上，朵朵荷花，白的如玉、粉的似霞，风姿绰约地展示着她的高洁，在端午雨的沐浴下，显得格外雅洁和妩媚，微风一吹，香飘十里。20 世纪六七十年代，全镇人民戮力同心，在这里修建了一座巍峨的石拱桥，取名"荷香桥"，我们镇因此而得名。

在我的印象中，外公高大帅气，儒雅博学，懂堪舆、会诗赋，特别是一手柳体写得有模有样，镇上十里八村的绅士都争相购买他的字画。目前，镇上还有两处建筑上仍留有外公的笔墨，一处是本镇的石拱桥的题名，一处是"隆回五中"的校门题名。

外公有个爱好，就是好喝酒，而且最爱喝母亲亲手酿的菖蒲酒。记得有一次，我陪父亲去送节，外公一高兴，竟然喝得酩酊大醉，外婆扶他去休息，他一屁股坐在地上不愿起来，外婆生气地说："酒有什么好的？喝醉了出尽洋相。"外公也不搭理，高声地念起了明代诗人瞿佑的《菖蒲酒》："采得灵根傍藕塘，只因佳节届端阳。金刀细切传纤手，玉腕轻浮送异香。厨荐鲥鱼冰作鲙，盘供角黍蔗为浆。同时节物充筵会，纵饮何妨入醉乡。"说实在的，尽管当时我还不太懂这首诗的真正含义，但听着外公抑扬顿挫的朗诵，我也有微醺的感觉。

"少年佳节倍多情，老去谁知感慨生；不效艾符趋习俗，但祈蒲酒话升平。"外公已经去世多年，现在的端午节，母亲也不再酿制菖蒲酒。但我想今年的端午节，一定要从繁忙的工作中抽身而出，回趟老家，在家里点上一炷艾香，喝上一缸用思念酿的酒，即使醉了，也是醉在家乡的门槛上。

云是没有落下来的雪

　　爷爷去世的时候，大雪纷纷扬扬地下了几天几夜。
　　我是在爷爷弥留之际赶回老家的，至今我还记得那个风雪交加的傍晚，我忽然接到父亲的电话，他说爷爷快不行了，要我赶快回老家一趟，当我马不停蹄地赶回老家时，爷爷已经神志不清了，但他还是断断续续地说出了让他放心不下的三件事，其中一件就是我当时还没有成家。其实，早在爷爷去世的半年前，我就已经决定和老婆结婚，只是由于当时还没有把房子装修好，就没有来得及告诉爷爷和家里的亲人，现在想想，我觉得特别后悔，后悔没有把这个消息及早地告诉爷爷，让他老人家带着遗憾离开了人世。记得爷爷的遗体被送上山的那天，我在风雪地泣不成声地站了好久，直到全身麻木被亲人搀扶回家为止。
　　爷爷去世后，不知为什么，每到冬天，我就盼望着下雪，最好如北宋傅察在《咏雪》里描写的那样，下他个十天十夜，厚厚的积雪把门和窗都封住了，即使叫小孩去打扫，也只能留下一叶小窗来映衬雪的明灿（原文：都城十日雪，庭户皓已盈。呼儿试轻扫，留伴小窗明）。要么如张岱在《陶庵梦忆》中所描写的那样，"大雪三日，人鸟声俱绝，天与云与山与水，上下一白，惟长堤一痕、湖心亭一点、与余舟一芥，舟中人两三粒而已"也行。再不济，也要如唐代岑参描写的那样"忽如一夜春风来，千树万树梨花开"。仿佛只有下雪，我的心里才会得到无比的慰藉和安宁。
　　然而今年，整个冬天，太阳依旧暖暖地挂在天上，大地温暖无比，这种温暖似乎在考验着我对雪的耐心，消磨着我对雪的期盼，有时，我会情不自禁地自言自语："冬天都快过去了，怎么还不下雪？我真的好想看到一场大雪。" 甚至会在夜半醒来，神经质地用心倾听窗外有没有大雪折枝的声响，然而，耳畔除了小河的缓缓流淌声，一切皆是寂静。

对于雪的期盼，我似乎到了"为伊消得人憔悴"的地步，今天上午去外地出差，我跟同事无意间说起自己对雪的盼望，他竟然无比诗意地对我说："不管这个冬天怎么温暖，我始终相信，总有一片雪花会在某个寂寞的黄昏轻盈地飘落，优雅地装扮整个冬天。"

也许是晚上睡眠质量不好的缘故，登机后飞机还没起飞，我就昏沉沉睡去，不知过了多久，我忽然被同事推醒，他兴奋地在我耳畔说："雪痴，快起来看雪。"眼睛虽还没睁开，一道雪白的光亮已将我的心空点亮，我仿佛回到了大雪纷飞的童年。小时候，每到下雪，爷爷就会沐浴更衣，盛装祭天，他会在神龛上点上香烛，嘴里念念有词，一切停当后，他会放下平时的矜持，和我们在雪地里打滚、唱歌、堆雪人。我问他为何这般高兴，他说："雪落下后，许多害虫就被冻死了，第二年的农作物准能有个好年成，我的乖孙孙就不会挨饿了，所谓瑞雪兆丰年嘛！"，在那个少不更事的年代，我不理解农作物对于一个老农民的重要，我只知道，每到下雪，爷爷的笑脸就如红梅傲雪一样迎风绽放，我们也跟着开心。

"神经病，哪来的雪？"当我睁开眼睛时，我发现自己仍然坐在暖洋洋的飞机上，此时，飞机已经飞到了万米高的云层之上，机窗外阳光灿烂，我不免有些恼怒地对同事说。

"你看机窗外那一望无际的白云，是不是和雪很像？那么白，那么柔软干净，就跟白雪覆盖的地面一样，高高低低，形状各异。其实，你真的不必介怀下不下雪，我一直认为，云就是没有落下来的雪，看到云彩，你同样应该感到如下雪一样幸福和快乐，它只是换了个方式和你待在一起罢了。"

"云是没有落下来的雪，它只是换了个方式和你待在一起罢了。"听到这句话，我的心仿佛被针刺了一下，感到一种疼痛，但这种疼痛马上化作一种暖流，流遍我全身。我忽然明白，爷爷只不过是换了一种方式和我们待在一起罢了，想到这，我竟然和爷爷开心时爱摸自己的山羊胡子一样，我也在自己的下巴上，捻起了胡须。

愿他们住在石房里

清明节那天早上,清点好香烛和纸钱,带上两束鲜花,我和父亲准备出门去给爷爷奶奶扫墓,四岁的女儿看见了,非得跟着去。

路上,女儿问:"爸爸,我们去哪里?"

"去山上看太爷爷和太娭毑(曾祖父和曾祖母的意思)。"我说。

"太爷爷和太娭毑住在哪里?"

我想了半晌,说:"他们住在泥土下面的石房子里。"

"住在泥土下面的石房子里?那算是土地公公和土地婆婆吗?"

"嗯,应该算吧。"

"那我能不能像孙悟空一样,喊他们三声,他们就一股青烟般从地里冒出来?"

我和父亲相视一笑,小丫头典型的《西游记》看多了,胡思乱想呢。

不过,一句话激起千层浪,爷爷奶奶的音容笑貌确实一下子从我的记忆里冒了出来。

我出生的时候,爷爷已经六十多了。从我有记忆开始,爷爷就成天嘴里叼着个烟杆,走到哪,吧嗒吧嗒抽老旱烟的声音就跟到哪。他又矮又瘦,脸黑得像块湘西腊肉,他的烟杆上挂着个灰色的小布袋,布袋里装着爷爷自己亲手切好的烟丝,他坐在院子里乘凉或晒太阳的时候,会经常把我叫到身边,让我从布袋里掏烟丝,装进铜烟斗里,然后哧的一声燃一根火柴,将烟给他点上。这个时候,爷爷最享受,透过淡淡烟雾,我总能碰见爷爷暖暖的目光。

可平时爷爷不是一个好对付的人,他的七个孙子中,除了我因为最小没被他打过外,我的其他兄弟基本上都被他那根铜烟杆敲打过。爷爷教育小孩的方式简单又粗暴，一回说二回吼三回铜烟杆就上头。用爷爷的话说：就算你们是块顽石，我也要把你们雕出花来。

说到石头，很多人可能已经猜出我爷爷是干什么的了，对了，他是个石匠，但不是个普通的石匠，我们老家十里八村都知道刘东田这个名号。他给我们镇铺过的青石板路，到现在还平平整整泛着油光；他给我们村修的石拱桥，到现在还能过汽车；他给人家砌过的房基，房屋牢固得像长石头上一样安稳；他刻过的碑文，像印刷机印刷出来的一样工整。小时候，我觉得爷爷不是一个手艺人，而是一个拥有魔法的"老怪物"，一块硬硬冷冷的石头，经过他的手一打磨，立马变成灵动十足的飞鸟虫鱼和有血有肉的人物画像。

奶奶只比爷爷小一岁，是个慈祥的老太太，经常笑嘻嘻地惯着我们这些调皮的小家伙，从不恼怒，只要爷爷一出门，我们就争先恐后地跑到奶奶那里去，在她那总能吃到一些好东西，比如一颗糖、一个甜玉米、或者一个煮鸡蛋等等。小时候不懂事，经常跟奶奶说："爷爷那么凶，你跟他离婚吧，我们就能天天到你这里来吃好东西了。"奶奶总是笑而不答。

后来，听父亲讲，爷爷是15岁娶的奶奶，那时候，爷爷刚学徒一年。话说朱家冲有个大户人家要在半山腰新建一座房屋，为了牢靠起见，想用石头砌房屋基础，于是就找到爷爷和他师傅。酬劳是三斗大米一斗麦子。半个月过去，房屋基础已经砌好，朱家主人带着女儿来验收，爷爷一眼就看上了俊俏的朱家女儿，可木讷的爷爷不知怎样表达自己的爱慕，于是，当天晚上，他雕刻了两个石头丢进朱家院子里。

第二天一大早，朱家主人（奶奶的父亲——我的太外公）起床看见那两个石头，欢喜得不得了，只见第一个石头上雕刻的是双龙戏珠，一颗浑圆饱满的珠子边，两条飞龙腾云驾雾，缠绕盘旋，龙眼顾盼生辉，龙身矫健婀娜，祥云风吹欲动，那场景呼之欲出；第二个石头上刻的是鸳鸯戏水，只见波光潋滟的水面上，两只鸳鸯含情脉脉，缠绵悱恻，水底鱼虾水草清晰可见。当得知这两个石头是这个才学徒一年的小伙子雕刻的后，太外公爽快地答应了这门亲事，提亲的聘礼就是那三

说到石头,很多人可能已经猜出我爷爷是干什么的了,对了,他是个石匠,但不是个普通的石匠,我们老家十里八村都知道刘东田这个名号。

斗大米和一斗麦子。结婚后，爷爷奶奶相濡以沫生活了80多年，生了三个儿子一个女儿，风风雨雨经历无数。

2011年爷爷去世，享年96岁，在爷爷的葬礼上，父亲问奶奶要不要给爷爷准备点陪葬品？奶奶说："其余的就不用准备了，把那对石头雕刻给他吧，那石头里有他的思想。"

三年后，奶奶去世，死前奶奶经常唠叨："他年轻的时候有个愿望，就是建一座石房子，房子里有石桌、石椅、石床和各种石雕。年轻时他常年在外，年老了又没体力了，房子没建成，有点遗憾，也不知道他在下面有没有时间砌座石房子？我好想下去看看。催他抓紧。"

爷爷奶奶去世好几年了，每次给爷爷奶奶扫墓，我都会深深地鞠上一躬，祝福他们幸福地生活在自己建造在的石房子里。

第二辑

情·流淌

青青荷叶田田,不觉已是夏天。
诸多如烟往事,蜻蜓立在荷尖。

谁来成就荷花?淤泥才是行家。
莫问情归何处,如水流淌天涯。

@你一枝春

每年的新春时节，我都会收到"徒弟"小勇亲手绘制的一张漫画贺卡。

今年小勇寄给我的贺卡颇具韵味，桃红柳绿的江南景象中，两个清瘦的人立在风中，风吹起他们的长衫，其中一个人的手里拿着一枝梅花，向另一位准备跨马远行的人道别，漫画旁边配着一首诗："折花逢驿使，寄与陇头人。江南无所有，聊寄一枝春。"

看到这张贺卡，我的心中涌起无比暖意。我知道这是小勇在效仿南北朝诗人陆凯思念好友范晔时的举措，我也知道小勇不光要表达他对我们这些朋友的思念，他还要给我们传递一种冬去春来的喜悦和温暖情意，传递他新的一年美好的祝愿！

记得十多年前，我大学毕业分配到长沙客车厂工作时，有一次厂长带我们去车间巡查，我发现一个十七八岁的瘦小年轻人在熟练地操纵机床，就好奇地向车间主任打听是谁，车间主任告诉我那个人叫小勇，没想到下班后，这个小勇竟然跑到我办公室来了，怯生生地问我，是不是要扣他的工资？我被问得莫名其妙，说："扣你哪门子工资嘛，我是觉得你操纵车床特别熟练，顺便问了一句而已，没想扣你工资。"

"不扣工资就好，不扣工资就好！"小勇一边说，一边退出办公室，清瘦的脸上写满同龄人不该有的成熟。直到第二天我才弄清楚，原来以前厂长每次带人下车间巡查，都会抓几个偷懒者或技术不熟练者作为典型进行严惩，那个时候的管理手段比较落后，所谓的严惩就是扣工资而已，小勇担心他是那个"倒霉蛋"，所以就特地跑到办公室来问我。

通过这次交往，我觉得这个小伙子憨厚可爱，是值得交往的那种类型，于是，一有时间就到车间去看他。一来二去，我竟发现小勇特别聪明，尤其画漫画方面很有天赋，以他的功底，应该能考上一所不错的美术学院，但因为家里穷，兄弟姐妹多，他只好选择了一个不要钱的技工学校就读，最后分到我们厂里来做工，既好养活自己，也好接济弟弟、妹妹。

最初，小勇是想在工厂好好干，争取能改变命运。但由于是工人编制，几次申请转岗都未能如愿。我劝他一边自修大学课程，一边画画。为了带好这个"徒弟"，每天下班后，我们就一起背上画夹，去湘江边写生，画青翠巍峨的岳麓山、画窈窕时尚的长沙女孩、画诙谐幽默的市井生活；我们一起吃臭豆腐和长沙米粉，一起打群架，一起交流追女孩子的经验；为了逞能，我们有时会在涨洪水的时候跳进湘江中游泳，会在漫天星光下摸黑爬岳麓山……几乎所有男孩子在青春期的梦想与苦闷我们都一起经历过。三年后，他如愿以偿地拿到了自考本科文凭，这时客车厂也如一棵摇摇欲坠的老树即将垮掉，我劝他扔下这里的工作，到南方去寻找他的梦想。

后来小勇在南方某报业集团找到了一份稳定的漫画插图工作，开了自己的工作室，娶妻生子，远离了长沙。其实，现代通信手段越来越发达，打电话、发短信、写微博、聊微信都可以表达祝福，但小勇坚持每年用画漫画这种最古老的手段来向我问好，我知道，这是因为我们十多年来的友谊的缘故。

现在想想，其实，我们每个人在人生的旅途中都或多或少地得到过别人的帮助，就让我们在心里一起铭记那些感动吧。此刻，我想用手机拍下小勇画的这幅漫画，用微博、微信的方式，@那些所有曾经帮助过我的人，祝你们在这个春暖花开的美好时节，天天开心。

我想用手机拍下小勇画的这幅漫画,用微博、微信的方式,@那些所有曾经帮助过我的人,祝你们在这个春暖花开的美好时节,天天开心。

做朵幸福的花儿

元旦那天，受邀去湘春路上的一个朋友家做客。

上午十一点到达朋友家，本以为自己到得很早，可被朋友带到楼顶后才发现，我是最后一位到的。

朋友的房子是栋老房子，三层小楼，房顶是平的，似一个偌大的操坪。房顶上种了许多花花草草，在花草的中间，朋友支了张桌子，一干人等围坐在桌子旁，喝着红酒、晒着太阳、聊着天。

见我来了，大家相互问候，忽然一个朋友问我："阿昌，新年了，你的愿望是什么？"我想都没想，看着身旁的盆栽，脱口而出："今年，我想做朵幸福的花儿！"

朋友间一阵哄笑，我顿感有点窘迫。一个男人，想做朵花儿，就像一个满脸络腮胡的莽汉，学美女做低眉含羞状一样让人觉得别扭。我不好意思地笑笑："看样子，酒还没喝就已经醉了。"

朋友端着酒杯过来解围，"这么好的阳光，这么好的时节，谁都想做朵幸福的花儿绽放青春与梦想。来，大家为花儿干杯。"尴尬似乎被朋友掩盖过去，可我却怎么也高兴不起来，老想着自己那一句不恰当的比喻。

酒后，大家去卡拉OK，在包厢里，又一轮"血肉模糊"地拼酒过后，大家开始飙歌。没想到的是，从朴树《生如夏花》到唐磊的《丁香花》，从任贤齐《春天花会开》到阿牛的《桃花朵朵开》，从何炅的《栀子花开》到林俊杰的《花蝴蝶》，从高耀太的《火花》到周华健的《花心》……伤感的、欢快的、清纯的、搞怪的，这些膀大腰圆的男人们似乎与花儿较上了劲，最后，我因有事不得不离开时，朋友正用那醉意朦胧的眼神和搞怪憋屈的嗓音模仿一首儿歌，"我们的祖国是

今年,我要做朵幸福的花儿,默不作声地开放在这个可爱的城市里!

花园,花园里花朵真鲜艳,灿烂的阳光照耀着我们,每个人脸上都笑开颜……"

走出包厢,歌声已经飘在身后,深吸一口新年的空气,这场欢娱已经结束,我的不快一扫而空,走在暖暖的阳光里,看着周边的景象,我再一次决定,今年,我要做朵幸福的花儿,默不作声地开放在这个可爱的城市里!

出门俱是看花人

周五下班回家，晚餐极其丰盛，狼吞虎咽间，老婆忽然问："草长莺飞的三月，不知武汉的樱花开了没？"

其实这是老婆的撒手锏，她知道我的劣根性，在美食面前，我头脑里什么都装不下，以前她想买衣服鞋袜之类的东西，总是趁我大快朵颐的时候提出，我总是不经头脑地边吃边说，买就是了，她问我谁买单时，我也会边吃边说，我刷卡。被老婆"狠宰"了几回后，我留下了"后遗症"，只要看到家中准备丰盛的美食，我就得先问老婆是不是准备去"血拼"，在明确得到没有任何"采购计划"后我才敢下箸。

这次她冷不丁问起樱花是否开了，我当然得秀一秀自己的知识："说你不读书吧，你还不服，唐朝李德裕早在《离别难·鸳鸯篇》里说过，二月草菲菲，山樱花未稀。说明樱花是在农历的二月份开了，按公历算，就是现在。"

"还是老公厉害！"老婆边赞扬边往我碗里夹菜，我心里非常受用。"不过我听说，樱花的花期很短，也就一两个星期，看花需趁早，要不明天我们就去武汉看樱花吧？"老婆问。

"行，高铁去高铁回！"我满口答应。

高铁确实扩大了人的活动半径，记得以前陪朋友去武汉看樱花，得在武汉住上一晚，大部分的时间在火车上晃悠掉了。高铁开通后，从长沙到武汉，个把小时就到了，早上出发，傍晚赶回，就像在市郊走了一遭。

听说现在武汉有几个樱花园了，不过我们还是选择去武汉大学赏樱花。因为于别处赏樱花，无非是阅尽春光无限美罢了，到武大赏樱花，对于远离大学校门很久的我来说，有一种朝花夕拾的情怀，有一种感念校园时代青春往事的沧桑。

周六达到武汉大学时，天空中飘起蒙蒙细雨，我赏花的心情立即降了下来，可老婆却依然热情高涨。她说："看樱花本来就是件浪漫的事，现在又有了这蒙蒙细雨，就更有诗意了。"说着从包里拿出雨伞来。

我们从鲲鹏广场出发，自樱花大道盘旋而上，一路感受樱花的靓丽和春雨的温润。我仔细地欣赏着这雨中的樱花，雪白的花瓣如刚从牛奶中漂洗过一般，一丛丛、一簇簇，绚丽多姿。

到达樱顶老斋舍时，瞭望台前挤满了人，排了一个多小时的队，才挤进去。站在瞭望台前，我忽然真切地感受到了"若待上林花似锦、出门俱是看花人"的真实意境。

瞧，蜿蜒曲折的樱花大道上，一群群的人摩肩接踵地流动在樱花树下，或拍照，或静思，或凝望，或打闹，他们的眼睛里满是欣喜和美好。

此时，我真想变成一棵樱树，与这些美好的笑脸站在一起，绽放自己最美的姿态！

看樱花本来就是件浪漫的事,现在又有了这蒙蒙细雨,就更有诗意了。

春雷是大地的闹钟

早晨起床,看见父母在收拾行李。

我问父亲为何收拾行李?他答非所问地说了句:"昨天晚上打雷了,我们得回去。"

我忽然觉得好笑,都七十多岁的人了,怎么跟小孩似的。父母在城里住不习惯,我很理解,毕竟城里不像老家那么自由,语言和生活习惯也不一样,老人家闷闷不乐,我心里也难受,但要他们住老家我们又不放心,毕竟父母亲年事已高,万一有个伤风脑痛,没有年轻人在身边照顾怎么行啊。

其实,父母来我这里也就个把月光景,但闹着要回老家好几次了,每次都要我轮流给他们做思想工作,他们才肯留下来,这次竟然拿出这么拙劣的理由来对我!

于是我很生气地跟他们说:"这春天到了,哪个地方不打雷啊!老家的老天爷难道听你们的安排,你叫他不打雷他就不打雷了?"

母亲叹口气说:"你不理解,我们是想回家侍弄那几分地了。"

看着他们坚决的样子,我只好说:"周末开车送你们回家。"

回家的路上,我很郁闷,可父母亲却很开心,一会儿跟着车载CD哼几曲小调,一会儿又说上几段笑话,碰到熟人,还会放下车窗跟人打招呼,可我总觉得这是父母故意做给我看的。因为我知道,父母都是倔强的人,从不喜欢给人添麻烦,哪怕是自己的子女也一样。去年父亲因为身体不适,住了半个月医院,我一点也不知道,每天打电话给他们,他们总是乐呵呵地说身体好得很。后来,父亲出院了,母亲又给累病了,还是堂哥打电话给我们,我们才知道这事,为此,我心里一直过意不去。回到老家后,父母忙着做饭菜,我因为心情不爽,匆匆吃了几口饭就上楼午休去了。

你看，田野里，山冈上，草儿萌动，树叶发芽，在这个时候，把种子播下去，再加上这贵如油的春雨的滋润，种子准能破土而出，茁壮成长！

起床后，竟然发现父母不在家里，只得出门去找，在菜地里看到他们二老，我竟然被感动了。斜风细雨里，父母戴着斗笠，披着蓑衣，背佝偻着，父亲拿着锄头在前面松土，母亲拿着簸箕在后面播种，动作是那么的缓慢和细致，他们的动作仿佛慢镜头一样定格在我的脑海里。

父亲见我来了，高兴地说："春雷就是大地的闹钟，这春雷一响，万物就苏醒了，你看，田野里，山冈上，草儿萌动，树叶发芽，在这个时候，把种子播下去，再加上这贵如油的春雨的滋润，种子准能破土而出，茁壮成长！"

听着父亲的话，我内心的上空仿佛炸响了一阵春雷，把感动和温馨全闹醒了。

花朵的杯盏盛满甜蜜

叔叔婶婶金婚纪念日，堂哥为二老在酒店里办了几桌酒，我带着不满三岁的女儿去赴宴，看到宴会厅门口的桌子上，摆了几束漂亮的百合花，想必是先到的亲朋们送的。

女儿还小，不懂事，见花儿漂亮，就哭着要摘一朵拿在手上，婶婶见了，开心地从花束里取下一朵赠予女儿说："乖孙女不哭，奶奶把这朵花赠送给宝宝，祝宝宝像花朵一样漂亮。"女儿拿着花朵闻了闻，破涕为笑，嘴上像抹了蜜似的说："谢谢奶奶，这花跟奶奶一样香，一样漂亮。"惹得大家一阵欢笑。

席间，我去敬叔叔婶婶的酒，女儿也跟在我屁股后面凑热闹，拿着那朵百合花与二老碰杯，堂哥打趣地问女儿："别人敬酒都是用杯子或酒盅，你拿朵花做什么啊？"女儿看了看桌旁的客人面前确实摆的是杯子或酒盅，她也不恼，将百合花盛开的花瓣用手掌拢了拢，做握杯状，说："伯伯，这样不就像杯子了吗？"我见女儿机灵，为博大家一笑，就想故意刁难一下小家伙，于是说："别人的杯子里盛的都是酒或者饮料，你这杯子里可什么都没有啊，怎么敬酒呢？"

"爸爸错了，花朵的杯子里盛的是甜甜的香气，不信你闻闻。"说着就要将花朵送到我鼻子边来，天真可爱的样子乐坏了在座的亲朋好友。叔叔婶婶更是高兴得不得了，从口袋里摸出了一个大红包给女儿。

堂哥对我说："你看，这儿童的眼光就是与成年人不一样啊。看样子，人还是要点童趣才好玩呢。"

我说："是啊，我们成人的世界是现实的、理智的、冷静的，而儿童的世界却是诗意的、充满幻想的，但这种幻想正好体现了儿童的内心世界。"

说到这，我忽然想起一个故事。话说有一天，一个小孩从外面回来，手里拿着一个盒子，盒子了装了条毛毛虫，妈妈看到了有些生气，但还是和蔼地说：孩子，你把毛毛虫带回家，毛毛虫的妈妈会想宝宝的，你是不是应该把宝宝送回家呢？话音刚落，小孩就跑出去了。妈妈心想：这孩子真听话，真把毛毛虫送回去了。过了一会儿，小孩从外面回来了，高兴地对妈妈说："妈妈，我把毛毛虫的妈妈也带回来了，这样毛毛虫就可以和妈妈在一起了。"

同样是想让毛毛虫和妈妈在一起，大人是把毛毛虫送走，小孩是把毛毛虫妈妈接回。为何会有如此差异？皆因我们大多数成年人经过世事沧桑后，眼中只注重利益和结果，心中没有了童趣，难免心生灰暗、浮躁和抱怨。老子曾讲过，一个人到达人生智慧和真趣的极致，便是"复归于婴孩"，有一颗真纯朴素的童心。

就让我们也拥有一颗童心吧，看到那花朵的杯盏里盛满幸福和甜蜜。

花朵的杯子里盛的是甜甜的香气,不信你闻闻。

嫩芽三寸好香椿

春雨绵绵，一切都是湿漉漉的。

周末闲在家中，心情像要发霉似的，只能用肥皂剧打发着无聊的时光，忽然听到咚咚咚的敲门声。

起身去开门，竟然看到爸妈一身雨雾地出现在家门口，我赶忙将他们让进屋里，嗔怪道："来这里也不通知一声，大老远的，我好开车去接你们。"母亲撸了撸湿漉漉的头发说："雨天路滑，你们开车我们反而不放心，两三个小时的车程呢，还是坐大巴车安全。"说完，就到厨房找了一个菜盆，将半麻袋香椿芽倒了出来，"这是你爸今天早上冒雨采摘的，新鲜着呢！"

看到菜盆里那些刚刚采撷下来的香椿芽，两三寸长短，雨水还挂在叶尖上，叶梗透着鹅黄色的嫩绿，叶芽则如紫色的玛瑙一样晶莹剔透，光彩润泽。我拿了一把香椿芽放在手里，闻着香椿芽散发的淡淡幽香，眼里也如窗外的天气一样，湿润润的。

今年春节回家，我在老家的庭院里看书，无意间闻到了一股香椿的味道。我当时就问母亲："家附近是否有香椿树？"母亲说："以前村里砍掉的那片香椿树林，有些没有挖掉根，前几年竟然发出了新芽，你爸记得你们兄弟姊妹几个爱吃香椿，去年就移栽了些回来，种在庭院的后边，现在都快有碗口粗了。"

我欣喜地走到后院，果然看到了四五棵香椿树，笔直地立在那里，像一个个威风凛凛的将军，只可惜紫色的树皮上光秃秃的，一个芽苞也没有，我当时遗憾地对妈妈叹息："要是能吃上一盘香椿炒蛋该有多好！"

没想到这短短的一个多月光景，爸妈就把香椿从老家带来了。

记得小时候，每年的清明谷雨前后，我们家吃得最多的一道菜就是"香椿拌豆

看到菜盆里那些刚刚采撷下来的香椿芽,两三寸长短,雨水还挂在叶尖上,叶梗透着鹅黄色的嫩绿,叶芽则如紫色的玛瑙一样晶莹剔透。

腐"。那时，正处于农忙时节，家里的田地需要春耕，父母亲每天都要忙到很晚才能回家，母亲便吩咐姐姐，要她每天放学后，从镇里带五分钱的豆腐回家，然后叫哥哥到椿树林去摘一些新鲜的椿树芽，晚饭做好后，将刚采摘回来的椿树芽，用开水略焯一下切成碎末，然后与鲜嫩的豆腐、细盐、素油拌在一起，一顿开胃爽口营养丰富的晚餐就此完成。每次，我们几姊妹都争着将剩菜吃完，因为香椿无论是凉拌还是热炒，吃到嘴里，总是鲜嫩清脆，齿颊留香。

　　现在，有了这么多的香椿，我当然要过足香椿瘾，晚上，餐桌上全是用香椿做的菜，什么香椿炒蛋，香椿拌豆腐，凉拌香椿，香椿面，香椿饼最有意思的是，老婆发明一道"香椿鱼"，就是用香椿代替紫苏煮，那鱼汤别提有多香多鲜了！

腊味飘香年在望

晌午，在办公室忙得晕头转向的我，忽然接到传达室的电话，说有人给我送了个包裹，要我去取。

走到传达室一看，满满的一蛇皮袋腊货，腊肉、腊鸡、腊鸭、腊鱼以及只有我们邵阳老家才有的猪血丸子。我知道，这是母亲托乡下的维达哥带来的。维达哥这几年跑客运，专跑老家至岳阳这条线，以前母亲常利用这点便利，给我带点自家种的时令瓜果蔬菜。

将腊货扛到家后，我照例给母亲打了个电话，告诉她老人家东西已经收到。母亲颤巍巍地说："有了这腊味飘香，过年才像个样啊！"听到这句话，我的心仿佛被针刺了一下，这么说，一年又快要过去了！

记得小时候，我是急切地盼望过年的。因为，腊八节一过，家家户户就开始准备年货了，杀猪宰羊，祭灶扫窗，放几挂鞭炮，打几场秋风，到处都是欢声笑语，家家都是大鱼大肉。

对于我们这些一年吃不上几餐肥肉的馋嘴小孩来说，能在过年的时候饕餮几餐，绝对是一种享受。因此，在我们老家，有"大人盼插田，小孩盼过年"的俗语。

老家有个习俗，过年必定熏制腊肉和猪血丸子。小时候的老家，经济落后，家家户户都是自给自足，家里腊肉的多少，就成了这户人家家境是否殷实的象征。每家每户将鲜肉腌制好，将豆腐、猪血和五花肉做成丸子后，在干净的灶台上方搭制两排木架，将腊肉一块块地晾晒在上方，猪血丸子则用竹篮子装起来，挂在横梁上，下方的灶台里时刻燃着柴火。

柴火不能太大，太大容易将鲜肉里面的油一下子全烤出来，火上浇油，容易引起火灾。柴火也不能太小，太小很难烤干，影响口感和味道。这样烟熏火烤半个月左右，腊肉和猪血丸子就熏制好了。想吃的时候，用刀割下一块，放些辣椒和大蒜，一盘美味就新鲜出炉。

  小时候，我一度沉醉在这腊味的熏香里，来不及吟上一首王安石的"爆竹声中一岁除，春风送暖入屠苏。千门万户曈曈日，总把新桃换旧符"，一个丰盛热闹的年就过去了。

小时候，我一度沉醉在这腊味的熏香里，来不及吟上一首王安石的"爆竹声中一岁除，春风送暖入屠苏。千门万户曈曈日，总把新桃换旧符"，一个丰盛热闹的年就过去了。

眼泪直流的青春

周末，正在书房练字，忽然接到老朋友邓莉的电话，说"五朵金花"已经聚齐，让我这个"护花使者"速去某日本料理店。老朋友呼唤，自然不敢懈怠，于是扔下刚刚写了一半的字帖，匆匆赶往目的地。

五位美女见我"驾到"，仍旧大呼小叫，没有半点淑女形象。我跟她们说："都是为人母的人了，怎么一个个还这样无厘头，一点都不注意形象。"她们却振振有词，说正因为把我当成了"姐们"，才这样放肆。

菜还没上桌，大家聊着过往，十多年前的事情仿佛就在昨天一样。这"五朵金花"曾是我同甘共苦的同事，2002年，我们一同进了某杂志社，因为我年纪略大于她们，总编让我带队，主要负责经济新闻的采访和文字整理。

那时杂志社已经举步维艰，为了生存和发展，杂志社除了经营自身的"一亩三分地"外，不得不另辟阵地，与当地的一家报纸合作，每天给报纸"输送"一个整版的经济观察类的文章。

每晚八点，杂志社策划组会准时把第二天采访的选题给我，我则根据选题带着她们满城跑。夏天，酷热难当，我这个"带头人"既不是富二代，也不是高富帅，买不起小车就只能带着她们挤公交车，一天下来，大家累得满身汗臭，晚上还得待在办公室里赶稿子。到了冬天，城里的气温会在一夜之间降到冰点，迎着呼啸的北风，我们全副武装出门，但仍会觉得寒冷刺骨。采访回来后，冷板凳坐热了，稿子还写不出来，那种感觉比天气还寒冷。

和所有年轻人一样，那时的我们，除了激情和梦想有富余外，其他的东西一概奇缺，特别是口袋里的米米，根本不愿意到我们的钱包里打藏，就好像我们的钱包里有漏斗一样，刚刚装进去的工资，转身回家交完房租、买好水电后，就所剩无几

青春本身也是一盘鲜美的刺身,在芥末般的生活里滚过后,虽然会被呛得眼泪直流,但你仍会大呼过瘾。

了。为了节约钱，我们尽可能地减少到外面去消费的次数，大家轮流着做饭菜，有时为了赶稿子，来不及做饭菜时，湘春路上那一块钱一份的铁板炒粉就成了我们的家常便饭。

记得 2002 年的冬天，我带着"两朵金花"去采访一家歌厅，采访结束后，老板送给我两张门票，让我进去感受一下歌厅文化的魅力，可三个人只有两张门票，咋办？向老板再要一张，显然有点不好意思，自己掏钱再补一张，又觉得门票太贵，三个人一商量，就在歌厅门口把票给卖了，得了 400 元钱，呼啦啦叫齐"五朵金花"，到肯德基饱餐了一顿。从肯德基出来，迎着漫天飞舞的雪花，六个人竟然感到无比的温暖。

果戈理说，青春之所以幸福，就因为它有前途。2004 年，我离开杂志社，去了自己想去的单位。随后，"五朵金花"也如蒲公英一样，风一吹，散落到其他的行业里去了。也许是都吃过苦吧，大家在新的单位都还过得满意。

这时，服务员上来一道菜，三文鱼刺身。我在想：青春本身也是一盘鲜美的刺身，在芥末般的生活里滚过后，虽然会被呛得眼泪直流，但你仍会大呼过瘾。

一晴方觉夏深

一

下班回家，发现屋里挤满了客人，都是些亲朋好友，很多还是从外地赶过来的，他们脸上挂着真诚的笑容，热情地与我打着招呼，我被这突如其来的阵势搞得晕头转向，问父亲是怎么回事？父亲见我丈二和尚摸不着头脑，开心地说："你四十岁了，叫大家过来聚聚。"

哦，MY GOD，四十岁了，连我自己都不知道啊，在我心里，一直以为自己还是那个"左牵黄、右擎苍"的少年呢，岁月啊，你究竟使用了怎样的魔法，让我在不知不觉中变成了一个"尘满面、鬓如霜"的中年。所以四十岁生日那天，我在为大家的真情感动的同时，又为时间的残忍感到深深的伤感。

二

我有个很有才气的朋友，诗词歌赋，样样精通，吹拉弹唱，无所不晓，他的诙谐幽默和宽厚仁慈，长沙望月湖一带无人不知。然而，就是这样一个充满生活情趣和才气的人，却天妒英才，英年早逝，四十多岁就没了，究其原因，竟是长期饮酒过度，又没有加强锻炼，导致肝功能全部丧失。

从他的追悼会上回来，微信朋友圈里立即掀起一股跑步健身的热潮。每天，大家在微信里报告自己锻炼的成绩，我也时不时加入他们的行列，在挥汗如雨的同时，总是忍不住想，要是以前朋友们在酒桌上多劝阻他几下，或干脆把酒会改成运动会，也许，到现在大家还能继续看到他的音容笑貌，继续享受他的诙谐幽默。

三

十八年前,作为一枚文艺小青年,我常感到有点自豪,因为上班之余,总能在报上发点豆腐块文章,稿费虽然不多,却是一种荣耀。那时候,作家财富排行榜刚刚时兴,很多不明就里的人以为发篇文章就是作家了,就有源源不断的版税和稿酬了,于是乎,很多人都说我的稿费肯定高于工资,而且还说得有鼻子有眼。正好那一年,隔壁家技校毕业的罗哥下岗了,看到我在报上发的文章后,萌发了学习写作补贴家用的念头,作为"菜鸟",他经常拿着作品来找我,希望我这个"大虾"能给他一些指点。每次读完他的习作,我总是骄傲地想:我就是停上十年不写,他也追不上我。

生活有时候真爱开玩笑,几年后因生活所迫,我投入到另一个完全陌生的行业,为了适应新的环境,我没有时间再提笔。前年,因为"中国梦"搅起我多年沉睡在心底的梦想,于是遂提笔写点生活感悟。

前些天,参加一个知名作家的签名售书活动,没想到走到现场一看,被读者前呼后拥的作家竟是罗哥。两人相视,先是错愕,后是莞尔。他泼墨挥毫,在书的扉页上写下一句"十年前遇见你真好!"送给我。

四

受厄尔尼诺暖流的影响,从芒种到夏至,一直阴雨绵绵。空气清爽湿润,气候舒适宜人,一直以为是春天还没有结束呢。昨天忽然放晴,傍晚,一个人沿着湘江路散步,没想到这烈日的余焰竟是如此的灼热,就连江对岸的岳麓山,也仿佛高温下的巧克力奶糖,那抹青翠,在山顶软化了,流下来,顺着深谷的山涧缓缓流出,而山林里的小路,慢慢变小,仿佛一掐就断……

忽然想起范成大的《喜晴》:连雨不知春去,一晴方觉夏深,这情境竟是如此吻合。

岁月啊,你究竟使用了怎样的魔法,让我在不知不觉中变成了一个"尘满面、鬓如霜"的中年。

人间草木深，我心桃花源

一

接到杰军的电话，让我莫名激动了好几天，他是我高中时的好友，虽二十几年不见，但求学时那些一起读书、一起打篮球、一起追女孩的快乐时光仍历历在目，仿佛就在昨天。

他说他在南京做水果生意，生意清淡，闲来无事，想见一见我这个老同学，并热情地发出邀请，于是我利用周末去了一趟南京。

从见面的那一刻起，他就热情地带我逛公园，吃美食，住酒店，只字不提近况如何，两天过后，在我认为即将分手之际，他却把我带到开发区的一所民宅里，然后介绍他的"伟大蓝图"——如何在最短的时间内过上千万富翁的奢华生活，并希望我能加入，我知道那是传销，于是断然拒绝，杰军于是叫来他们的"老总"，"老总"给我讲了很多"成功案例"和"励志故事"，见我仍不开窍，就叫兄弟们"好心看着"我。

第三天晚上，杰军来看我，带来了面包和水，他向老总承诺，带我出去散散心顺便做思想工作，于是在郊区的马路上，我坐上了一辆逃离"魔窟"的的士，上车的一刹那，通过反光镜，我看见杰军站在马路边，眼眶里蓄满泪水，低低地举起右手向我挥别。

那一刻，我原谅了他。

二

有一个远房亲戚，和我同住在这座城里。

一天清晨，他火急火燎地来我家找我，说有急事需要两万元周转一下，一周之内保证还钱。老婆觉得这人不靠谱，上次借的五千元还没还，这次又来了，不愿意借，而且当时老婆身怀六甲，马上就到了预产期，家里仅有的两万元准备拿来生宝宝用的。

他见我为难，就信誓旦旦地一再保证，一周之内绝对还钱，那情形就差下跪了。我想，人世间谁还没有个急事？于是就借给他了。谁知此去多年，我小孩都读幼儿园了，也没见他来还钱，电话更是打不通了。

去年春节回老家过年，在镇上碰到他，说起这些年的遭遇，他悔不当初。原来，那年，他应朋友邀请，在自己的小区开了个地下六合彩投注站，他能拿到一点点佣金。那是一个中奖概率非常低但一旦中奖回报率非常高的行当，那天，他的投注站收到一笔一万元的投注，他收到钱后就去搓麻将去了，忘记了将钱转到上家，结果那天开奖的号码正好是那人投注的号码。四十万，他哪赔得起？于是就去借，后来借不着了，彩民边追杀他边投诉到庄家，庄家知道了此事后，认为他私吞彩民款，也要追杀他。左右为难之际，他选择了投案自首，直到去年才出狱，哪还有钱还我。

不过他说，现在出来了，这笔钱他一定想办法还上。我在想，钱已不重要了，别走歪路就好。

三

早上出门，看见小区的草丛里躺着一个老太婆，蜷曲四肢，昏迷不醒，正准备过去看看，被好心人拉住，说别管闲事，要是碰上一个讹你的老太婆你就麻烦大了。

犹豫了一下，我还是走近去看了一眼，这不是小区的李姨驰吗？我赶忙打120，并报告给小区物业寻找李姨驰家人。原来，昨晚李姨驰在麻将馆搓了通宵麻

这人世间，就如这林子一样，有山花烂漫就会有蚊虫生息，不管别人是草木深处的虎豹蛇鼠还是花鸟虫鱼，只要我们心中有善念有梦想有勇气，你眼睛里看到的应该是处处草木丰美的桃花源吧。

将,早上李娭毑没休息就跑到草地上锻炼,一时血压上升,晕倒了,由于救治及时,现在已无大碍。

现在小区里许多人看见我,都会向我微笑致敬,因为,我上了小区的光荣榜。于我而言,只不过是举手之劳,不会挂然于心。

四

雨后,女儿想上山采蘑菇,又害怕山上林茂草深处有蚊虫叮咬。我故意吓她说,说不定还有虎豹蛇鼠呢,于是女儿就不愿意上山了。

这让我想起朋友QQ空间里挂出的一句话:人间草木深,我心桃花源。我不知道这句话出处在哪里,但我想:这人世间,就如这林子一样,有山花烂漫就会有蚊虫生息,不管别人是草木深处的虎豹蛇鼠还是花鸟虫鱼,只要我们心中有善念有梦想有勇气,你眼睛里看到的应该是处处草木丰美的桃花源吧。

黄土岭的土老帽生活

黄土岭不土，土的是我的生活。

2003年春天，房子租出去后，我像"游击队"一样今天在这个朋友家住一晚，明天在那个朋友家睡一宿。家住黄土岭的伯父看不下去，就把我的背包一把抢了过去，让我在他家的沙发上安了一个"窝"。

伯父伯母七十多岁，是我要好的朋友的爸妈。没去广州前，我去看过几次老人家，没想到，话语极其投缘，老两口愣要认我这个干儿子，三五天不见，就会打电话问我怎么还不去看他们，搞得朋友都有点吃醋，仿佛我才是他们的亲生儿子一样。

搬到伯父家后，我基本上过上了"土著"般的生活，尽管家门口灯红酒绿的酒店鳞次栉比，左边贺龙体育场的繁华喧闹不绝于耳，右边雨花亭的车水马龙充斥眼球，但那时，我仿佛禅师入定般沉着冷静，每天除了上班，就是窝在沙发上写稿子、看小说、喝米酒。

我喝米酒主要是陪伯父喝，伯父毕竟年纪大了，高度白酒不敢涉猎，只能到黄土岭的菜市场买散装米酒。伯父每次都让我陪他一起去，我不敢偷懒，拎着伯父递过来的15公斤的塑料桶，兴高采烈地跟在后头。米酒是粮食蒸馏出来的纯米酒，就是味淡了点，比啤酒高不了几度，我能理解，卖酒的老板不用这种方式多蒸馏两锅水，一元钱一斤的酒，他的利润从哪来啊。不过，这正好契合了伯父的心意，既满足了喝酒的快感，又不至于伤害身体。

伯父伯母是土生土长的长沙人，20岁时，两人相爱不久顺应国家号召，前往衡阳的一个矿山工作。矿山在一个山旮旯里，伯父伯母工作之余过着"我挑水来你浇园"的世外桃源般的生活。山中无甲子，转眼就四十年过去了，伯父伯母告老还乡,从衡阳搬回了长沙,却已过不惯城市里的生活了,小小的阳台上摆满了泡沫箱,箱里种满了一垄一垄的青菜,远远望去,竟然满眼青翠。

闲暇之余,我们就去城南钓鱼,别人钓鱼专挑农家乐的池塘,那里的鱼肥个大,我们则专找能野钓的地方。没想到四十年没待在长沙的伯父,竟然仍然是个"活地图",黎托那一带的溪流港汊他一清二楚,那段时间我跟着他黎明即起、日落就归,饿了啃几口馒头,过着与城里完全不同的生活。我们的钓鱼装备也极其简单,一根能伸缩的简易钓竿,一个竹制的鱼篓,外加一顶草帽和一把折叠椅。

有次,坐140公交车回家,一个打扮时髦的阿姨看见我们竹篓里活蹦乱跳的鱼儿,张口就问:"乡下的,你这鱼多少钱一斤?"我对她笑笑,干脆地说了两个字——不卖,气得那阿姨说:"两个土老帽,还真把自己当宝啊!"我和伯父相视一笑,两人的眼神里分明写着同样的一句话——谁是宝啊?

那时，我仿佛禅师入定般沉着冷静，每天除了上班，
就是窝在沙发上写稿子、看小说、喝米酒。

住在国庆新村的伯父

1998年的夏天,当我在老家接到学校寄过来的派遣单和报到证时,发现距离单位要求报到的最晚时间只剩一天了,于是我立马打点行装前往长沙。

父亲要送我,我不忍心让满头花白的父亲给自己当"挑夫",就执意不肯,父亲见我执拗,没再坚持,只是语重心长地说:"出门在外,要学会照顾好自己,有什么难处就给家里打电话。"

当我拉着箱子即将登上通往长沙的长途汽车站时,父亲急匆匆赶到,塞给我一张纸条,说:"上面写着你伯父和表姐的电话号码,有事没事去他们两家走走,对你有帮助。"

我当时在心里发笑:"父亲真不害羞,都出了五户的亲戚了,还叫得跟亲的一样。一个是退休老干部、一个是商场小会计,能对我有什么帮助?"但我嘴里还是应承着,我不想让老父亲担心。

到单位报到后,我很少去堂伯父家,主要原因是相距太远。从井湾子到国庆新村坐公交车需一个半小时,一来二去半天就没有了;另外,年轻人和老年人没什么共同话题,聊不到一块;还有就是那里环境较差,西边的芙蓉路、东边的东风路都比国庆新村的位置高,小区像躺在一条干涸的河床里般密不透风,一条锈迹斑斑的旧铁路穿过小区,就像在人的背脊里打下一根钢针一样,让人觉得难受。

2001年,我们单位在市场经济的冲击下,就像断壁残垣遇到洪水的肆虐一样,转眼间就垮了。走投无路的我拿着在曾经报纸杂志上发表的文章去国庆新村附近的一家传媒公司去应聘,没想到竟被聘上了。

因为公司与伯父家只有一墙之隔,所有去伯父家的次数就多了起来,记得有一次在他家吃饭时,他给我下了道"命令",要求我每天去他家吃午餐,我问为何?

那晚,我醉了,而且醉得一塌糊涂,但心里却特别温暖,
就连平时最不喜欢的伯父家的杂乱和陈旧,那一夜都显得
那么的美好和优雅!

他说："你们单位没食堂，外面的饭菜不安全。"尽管我很感动，但我仍然不想去蹭饭，因为让年近七十的老人为我做饭菜，我承受不起。谁知，午餐时，他竟跑到我们办公室来了，提着两保温杯饭菜，同事们见了艳羡不已，可我却觉得很不是滋味。后来，在我的一再要求下，他才没再来给我送午餐。

第二年冬天，气盛的我因为待遇不公负气辞职。记得走出办公室时，天空中飘着鹅毛大雪，呼啸的北风刮得我眼泪直流，心情也跌至冰点。当我走到公司门口时，没想到伯父竟站在漫天风雪里向我招手，他努力装作很轻松的样子跟我说："你的事，你同事给我打电话了，振作点，没有过去不去的坎。走，今晚去我家，叔侄俩一醉方休。"

那晚，我醉了，而且醉得一塌糊涂，但心里却特别温暖，就连平时最不喜欢的伯父家的杂乱和陈旧，那一夜都显得那么的美好和优雅！

现在，我来到岳阳工作已有好几年了，很少有时间去长沙的国庆新村去看望年事已高的伯父伯母，偶尔想起时，那股温暖仍会激励我继续前行。

爱如邮戳天地远

建哥在路桥公司做项目经理，天南海北地在工地上生活了近20年，半年前终于从项目部调回总部。我和建哥是校友，同届大学毕业，又同在某个项目上共事过，因此，两人感情甚笃。

前几天，到建哥所在的单位办事，我去看他。走到办公室门口，门敞开着，里面没人，正准备离开，忽然从大班椅后露出半个人头，我走到班椅前一看，建哥正埋头整理信件。看着那满满两麻袋信件，我问："这么多信是谁写给你的？"

"还能有谁，我家老头子呗！"建哥自豪地说："自从15年前的那次准备辞职开始，老头子就一周一封信，从没间断，我到哪，信件就跟到哪。你看，广东、广西、贵州、四川、山东、辽宁、黑龙江、内蒙古、新疆、西藏……信件都跟着我走遍全中国了。开始是鼓励我好好做事，后来当了项目经理，又让我好好做人，没事写的时候，老头子找些介绍当地风土人情的文章寄给我，让我在与当地老百姓打交道时能很快入乡随俗。现在老头子老了，我想把这些信件整理出来，自费出一本小册子，算是对他的一种报答吧！"

记得大学毕业那年，专业知识比我更扎实的建哥进了施工单位，而我却有幸进了业主单位。我们两人虽然做着同样的基础管理工作，但"地位"却有着天渊之别，那时的我，坐在有空调的办公室里写写画画。而建哥白天要跑施工现场，晚上还得窝在工棚里编写工程日报，要是不能准时上交日报，我一个电话打过去，建哥的领导准会带着他亲自跑到我办公室给我赔礼道歉。看着建哥满脸无辜的样子，我只能用"男怕入错行"这句俗语来形容。

一年后，项目竣工，建哥他们准备奔赴新的"疆场"，公司为了感谢施工单位的付出，宴请施工单位的全体员工，建哥和他的领导端着酒杯来敬我，领导嘴里说着一些"感谢平时关照"之类的客套话，然后怂恿建哥给我敬酒，我赶忙说："建哥是我的校友，一同毕业的，我知道他不喝酒。"谁知建哥的领导不依不饶，说："搞工程项目的人，哪有不喝酒的道理，除非是不想干了，就从你校友开始，喝了！"建哥满脸为难地将一杯酒一饮而尽。

那天晚上，建哥醉了，邀我去他的工棚看看。工棚一如他醉了的眼神一样凌乱不堪，到处散落着生活垃圾，一个大通间里摆着20张床铺。没地方坐，我就在他的床铺上坐了下来。这时我看见床头上摆满了信件，我以为是他女朋友写来的，就说："没想到你和女朋友还在玩鸿雁传书的古老游戏啊！"

"瞎掰啥呢，是我老爸。半年前，我看施工单位太辛苦了，准备跳槽，我爸死活不让我走，一周一封信地跟我讲道理。我烦透了，恨不得把这信都烧了，一走了之。"我知道建哥的苦闷，就劝他慢慢来，是金子总有放出光芒的一天。

现在，在宽敞明亮的办公室里，我看看满面春风的建哥，又看看那盖满祖国各地邮戳的信件，我知道父爱如山的分量，但此时的我更想用80后作家李丹崖说过的一句话来形容，那就是"爱如邮戳天地远"啊。

自从 15 年前的那次准备辞职开始,老头子就一周一封信,从没间断,我到哪,信件就跟到哪。

不随湘江水北流

2002年春天,在北京"飘"了一年后,我"很不争气"地回到长沙!

也就是在那一年,我读到了杜甫祖父杜审言写的那首《渡湘江》,诗中那句"独怜京国人南窜,不似湘江水北流",把我伤痛的心情描绘得入木三分,以致我在半夜读到它的时候涕泪横流。是的,那时的我对北京是如此的深爱,当我张开双臂想给她一个深情拥抱的时候,她却给我一个冰冷的背影,以致我这颗热烈的心被伤得体无完肤。

俗话说,好马不吃回头草。回到长沙后,我没有去找以前的单位,而是宅在家里,半年后,迫于生活的压力才出去找工作,可结果远没有想象的那么乐观,高不成低不就的尴尬让我心灰意冷。

有一天,我从人才交流中心出来,一个人漫无目的地在街上走着,忽然,我发现一辆黑色轿车始终跟在我身后,我停他停,我走他走,还时不时地朝我按喇叭。我回头一看,原来是我以前工作过的杂志社总编刘维,他热情地招呼我上车,上车后,来不及等我开口,一溜烟就把我载到了他的家里。

刘总的家在湘春路的最西端,紧挨着湘江边。到了那里后我才发现,许多以前与我相处得好的同事早就到了那里,每个人都给了我一个热情的拥抱!

那天,刘总别出心裁地将家宴摆到了湘江边,微风吹拂,树影婆娑,江水静流,刘总端起酒杯,忽然宣布:"欢迎你回到我们这个温暖的集体,也期望你继续为我们的集体贡献力量,为你的回来干杯!"就这样我又回到了以前的单位,现在想想,那顿饭是我记忆中吃得最温暖的一顿。

饭后,在江边散步,说起自己的惆怅,无意中就把杜审言那句诗讲了出来。刘总语重心长地说:"大城市有大城市的好处,中等城市有中等城市的优点,一个人

岳麓山作证、湘江水作证,北京虽好,但长沙同样可爱,就让我这颗驿动的心,在长沙这座可爱的城里温柔靠港吧!

想成就一番事业，地域不是主要因素，关键是看心境和眼光。身处陋室也能心忧天下，处在荒芜也能经营伟业。我觉得那句诗对你来说应该改一下，改成'京国虽有人怜处，不随湘江水北流！'。"

听了这番话，我心头的郁结仿佛被打开，面对湘江边的岳麓山，我在心里默默地对自己说："岳麓山作证、湘江水作证，北京虽好，但长沙同样可爱，就让我这颗驿动的心，在长沙这座可爱的城里温柔靠港吧！"

教授的煤球

我读大学那会儿，社会上还没有"厨房革命"这个词，什么"整体厨房""管道煤气"之类的设施都是可望而不可即的奢侈品，大部分教师家里仍是靠烧煤球来煮饭烧菜。于是每到秋天，学校就会运来几大卡车煤球分发给教师们，许多老师便会挑几个力壮的男生去帮他们搬运煤球。学生们当然是争先恐后地借此机会与老师"亲近亲近"，也好混个脸熟，以备考试不及格时让老师不看僧面看佛面。

可我们的《模拟电子》老师刘教授却是一个非常"古怪"的老头，他从来不要学生帮他挑煤，许多学生献殷勤去帮忙，结果都被他骂得狗血淋头颜面扫地。记得大二那年秋天，其余老师的煤球都搬走了，空荡荡的操场上就留下那个孤独的老头在忙碌。第二天晨跑时，我们又看见那老头儿起床挑煤的身影，就有点于心不忍，好友小胖对我说："你是课代表，去帮帮忙应该没问题。"于是我鼓起勇气跑到刘教授的面前去帮忙，可他看都不看我一眼，就说："是可怜我还是另有居心？是可怜的话，我就告诉你，我还没那么老，不用你操心；如果是另有居心的话，请你马上离开。"我没办法，丢下一句"古怪的老头，不识好人心"后就怏怏离去。

说他古怪还有一点，许多的老师都把煤球锁在杂房里，而刘教授却把煤球扔在户外的偏房里且不上锁。记得大三那年冬天，天气特别寒冷，从11月份开始就纷纷扬扬地下起了大雪，可学校里偏偏狠抓学风，有一门不及格者需重修，有两门不及格者降级处理，三门不及格者退学。同时还第一次做出了一个很"市场机制"的决定，特等奖学金增加到1500元。在那个学费只要500元的年代里，这一决定无疑像一重磅炸弹在校园里炸开了，那一学期有许多人在疯狂地学习。可我们几个文学爱好者却照旧经常在一起煮酒论英雄，一起笑看校园风起云涌，一如既往地玩弄着那几句酸极了的阳春白雪。

后来距离考试只有两个星期了,我们才幡然醒悟。于是拼命地抄笔记、复印讲案、背书。可短短的白天哪里够用,晚上开夜车天气又太冷,特别是我们理科生,非得起床做题目才能理解公式,要不然书看得再多也是枉然,那个急呀。有一天早上我起床时忽然发现门口有一个破破烂烂的煤球灶,里面还装有两个煤球。此乃天助我也,于是我不假思索地把它提了进来,到了晚上我就生火看书做作业,煤球用完了就去刘教授的偏房里去"拿"。伴着温暖的煤球炉,两星期后,我竟然得到了有生以来第一个甲等奖学金。

前一段时间,因为出差路过曾经读书的那个城市,于是我便去拜访了那个"古怪"的老头——刘教授。刘教授家已今非昔比了,漂亮卫生的整体厨具,方便快捷的管道煤气,可我仍然看见那偏房里装满了煤球。我问这是为何,他笑笑,说:"你还记得那年冬天你是怎样得到奖学金的吗?现在还是有一些和你当年一样不知天高地厚的学生。"

我不语,可心里升起一股感激的暖流。

大三那年冬天,天气特别寒冷,从 11 月份开始就纷纷扬扬地下起了大雪.

不为推销

这是十几年前的事了,那时我还在客车厂工作。

时常见有推销人员跑到办公室里来推销产品。办公室的叶主任特意请打字员小何设计了一份"推销人员请勿入内"的纸条,纸条上还鲜明地画了一幅推销人员禁止入内的漫画。在打印时多打印了几份,扔在纸篓里,我觉得怪可惜的,就捡了一份回去贴在自家的门上。

一个晴朗的星期天,我正在家里午睡,忽然听到笃笃笃的敲门声,那声音坚定而连续不断,我以为是同事或朋友来了,就赶忙起床开门。只见门口站着一个十七八岁的小女孩,她提着一个大纸袋,纸袋里装满了各式各样的洗发水,神情有点羞涩而紧张,她怯怯地说:"我是林学院的学生,利用暑假出来勤工俭学……"她还没说完,我就猜测出她的来意。又是来推销产品的!我气愤极了,不高兴地说:"门上贴着什么,你没长眼睛?"她见我想要关门,就用一只手来挡,可声音还是怯怯的,"早就看见了,只是有件事情……"我早就看惯了这种死缠烂打的推销员,就哼了一声说:"什么事,请讲,我可没有很多时间奉陪你。"

"不知先生睡觉时有没有打鼾的习惯,前几天,我到这里推销洗发水路过你家门口时,就听见里面的鼾声。当时我准备敲门向你推销洗发水的,可我看到了你家门口的纸条,就知道你不喜欢推销员,也就没有打扰你。今天是星期天,我想你可能在家里休息,所以特意来告诉你我家有治打鼾的偏方。我打电话回去问了,药名都抄在这张纸上,先生相信我的话,不妨一试?"说着把一张纸条塞在我的手上,就转身离开了。

说实在的,我很为自己睡觉经常打鼾而苦恼。我住的房子是单位分配的两人一间的单身宿舍,为了不影响别家睡觉,我经常只能等人家入睡以后才敢上床。现在

对小女孩的离去,我并没有表现出太多的热情,只是对着她的背影喊了一句:"如果你这方子有效的话,下次我一定买你的产品。"

有这么一种偏方在手，我高兴还来不及，可我又有一种对推销人员的不信任，怕是这个小女孩哗众取宠的一个把戏而已。很多推销员为了取得顾客的信任，都抓住顾客的弱点以达到亲近的目的。因此对小女孩的离去，我并没有表现出太多的热情，只是对着她的背影喊了一句："如果你这方子有效的话，下次我一定买你的产品。"

我按着这个方子服了几天药后，果真有效，只是从此以后我再也没有见到那个小女孩。说实在的，我现在非常想她，想买她的产品，以实现我的诺言。

有白鹭飞过

从君山农场拐上长江大堤后，眼前的景色忽然壮阔起来。

左边是一排排护堤的杨树林，杨树林的外面是一望无际的南瓜基地。初夏的阳光穿过枝叶初盛的杨树林，斑斑驳驳地撒落在绿油油的南瓜叶上，在硕大的南瓜叶中，一朵朵粉黄色的南瓜花吹着大喇叭喧闹地绽放，像一群嬉闹的孩子，在风中笑着、唱着，有些花儿还沾着晨露，随风摇摆，像在舞蹈。蜜蜂从一个喇叭里钻出来，又飞入另一个喇叭里，翅膀掀起丝丝缕缕的清香，在空气中弥漫开来。

右边是一片芦苇荡，芦苇刚刚拔节生长，微风一吹，如绿色的麦浪一样起伏。几头水牛在滩涂边低头吃草，不停地甩着长长的尾巴。不远处就是长江，碧绿的江水上游船穿梭往来。

看着这熟悉的一切，父亲的眼神有点迷离，儿子却对这一切很新奇，眸子里总是亮晶晶的。也难怪儿子好奇，他还是第一次来岳阳呢，也是第一次陪父亲出远门。从北京到岳阳的高铁上，儿子问父亲，仙逝的老人是谁？父亲只淡淡地说了句——老朋友。

的士在新沙洲忽然停下，师傅下车上厕所、抽烟去了。

坐在车上的父亲提议："离万家垸不远了，不如我们下车走走吧？"

车费早就在高铁站付过了，儿子拿着行李跟着父亲下车。大堤上没有车辆，连行人也很少。父亲的步履有点迟缓，毕竟快八十岁的老人了。儿子东瞧瞧西看看，指着基地对父亲说："我还没见过这么大的南瓜基地呢！你看，成片成片的南瓜花开得多美啊。"

父亲答非所问地说："南瓜花的花期很长，从春天一直开到暮秋，花也朴素，但却孕育着甜蜜的果实。我总觉得她就是一朵南瓜花呢。"

"她是谁？"儿子又好奇地问。

父亲没有回答，但心里早就涌动起那些芬芳馥郁的往事。

1955年初夏，作为一名技术工程兵，他和五百名部队官兵来到岳阳，驻扎进了万家垸，主要任务是修筑长江大堤。

他就住在她家，一幢带有厢房的庭院，他住东厢房，她住西厢房。夕阳西下，他经常看到她倚靠在窗前做女工，旭日东升，她时常看到他伏在书桌上画施工图。

有一天夜里，他从工地回来，看到她守在门口，手里攥着几双鞋垫。她害羞地说："也不知道你的脚多长，我估摸着做了几双，你看合脚不？"他看了那几双鞋垫，有龙凤呈祥、花好月圆、锦绣前程等图案，图案栩栩如生，把鞋垫放进鞋里，妥帖吻合。

从那以后，他的脚下不再是硬邦邦的鞋帮，而是柔软的美好。他跟她去南瓜地里摘南瓜，她陪他去大堤上搞测量。

两年后，大堤修筑成功，他开赴新的疆场去了大庆油田，她还在家里种南瓜。他不忍心让她来到茫茫戈壁受苦，就写信说：把我忘了吧。她不希望让他放弃理想回到岳阳，于是回信劝他早点成家。

几年后，为了让她安心，他收养了一个男孩，并找女同事扮演"爱人"，照了张"全家福"寄给她。她也找村里的亲人帮忙，照了张"结婚照"邮给他。直到他退休回到北京后，他与她才取得联系，他在电话里爽朗地说：我有个幸福的家，有个孝顺的儿子。她在电话里开心地讲：我有两个女儿呢，都俊俏。于是，两人便会心地笑了。

他终于又到了万家垸，站在大堤上，他远远地望见她的遗像高高地矗立在灵堂上，用浅笑盈盈的目光望着他。她的两个"女儿女婿"迎出来跪拜，只听见主事的高喊："侄女儿、侄女婿行答谢跪拜礼！"

这句话喊完，他看到两只白鹭扑棱着从芦苇荡里飞出，越过长江，直到天的尽头。

我心桃花源

父亲没有回答，但心里早就涌动起那些芬芳馥郁的往事。

那条开满鲜花的小路

早就听说硇洲岛上有座硇洲灯塔，站在灯塔上，可以极目南海，领略水天一色的辽远与壮阔。这次到湛江出差，于是利用闲时前往硇洲岛。

坐了两个小时的汽车和一个小时的轮渡，一路舟车劳顿赶到硇洲岛，可灯塔却早已被围墙围住，只有一道铁门能够出入，任凭我怎样叫喊，都无人搭理。目光越过铁栅栏，雄伟的硇洲灯塔虽近在咫尺，却是可望而不可即。

吃了个闭门羹，心情自然沮丧到了极点。打道回府的路上，一个人坐在一辆破败的遮阳篷三轮车上，篷外是六月灼热耀眼的阳光，篷内是冰冷灰暗的心情。

开三轮车的是位面善的女人，可能是常年晒太阳和吹海风的缘故，人又黑又瘦，她头上戴着顶竹编的渔帽，身穿一件与肤色极不和谐的白连衣裙，两只手臂上还套了防太阳照射的浅色套袖。

见我不开心，她停下车，哂笑着问我："外地来这里旅游的吧？我带你走条小路如何？"

"湖南的，只要安全、不加钱、能到目的地，你怎样走都行。"我没心情搭理她。我猜想，她绕路的目的无非就是想多拉几个客罢了。

"你倒是个爽快人。"女人开车上路。

没多久，便拐进一条小道，小路旁长满了低矮的白晶菊、石竹、百日草和波斯菊，白的、红的、黄的、紫的，五颜六色，鲜艳无比。不远处是一片片的香蕉林和火龙果基地，微风一吹，香蕉树摇曳多姿，看到这么漂亮的地方，我竟把刚才的不快给忘了。

"怎么样？这条小路漂亮不？"女人见我的脸色由阴转晴，开心地问我。

"这条小路这么美，你是怎么知道的？"我如实回答。

"哈哈，这条路是通往我家的。快中午了，反正也要吃饭，去我家吃饭吧，我哥哥是个渔民，经常出海，过一下应该回来了，绝对正宗的海鲜。"

女人这么一说，我的心情又沉下去了，这不是拉客宰客吗。

"算了吧，我不饿。"我拒绝。

"可我老爸和哥哥饿了。我得回家做完饭才能送你回渡口。"女人口气坚定。

看样子被讹上了，我在心里告诫自己，如果不行的话，我就打电话报警。

没多久就到了女人的家，一栋二层高的红砖小楼，白瓷砖砌的篱笆院子，院子的西北角有一个很大的水池，一个男人正将海产品往水池倒，女人麻利地将车停在院子中央，对着院子里的男人喊："哥，今天有啥鲜货？"

"什么都有，记得给老爸蒸一条石斑，他喜欢吃。"男人低着头边整理水池边说。

"知道了"，女人进屋倒了杯凉茶给我，招呼我进去座。这时男人才抬起头，疑惑地望着我，又看了看女人。男人的脸上写满风霜，头发花白，但很壮实，满脸憨厚的样子。我淡定地扫了一眼院子，四周种满了火龙果树，垂下的枝条上挂着白色的花苞，芳香四溢。

"一个湖南游客。去硇洲灯塔玩，没碰上开放日，乘我的车回渡口，我看已经是午餐时间了，带他回来，跟我们一起吃个饭，多双筷子的事。"女人看看我，对着男人说。

"你有口福啦，远方的朋友，这几天出海，我有不少鲜货，保证让你满意。"男人高兴地拍拍我的肩，跟着女人进了厨房，留下我一个人在客厅看电视。

"表面热情，不知道要宰我多少钱呢！"我在心里嘀咕。

没多久，饭菜就上来了，爆炒蛤蜊、葱爆鱿鱼、清蒸石斑、几个生蚝、白切鸡，外加一份空心菜。女人边招呼我吃饭，边从每碟菜里挑出一点装在一个大盘子里，装好后，和男人进到里屋去了。老实说，饭菜很不错，但我没多吃，我不知道要多少钱。等男人和女人出来后，我起身付钱，他们拒绝了，说："家常便饭，不要钱的。"

一个人坐在一辆破败的遮阳篷三轮车上,篷外是六月灼热耀眼的阳光,篷内是冰冷灰暗的心情。

女人越是热情，我越不好意思待下去，于是起身往外走。

三轮车又转上了那条开满鲜花的小路，这时我才知道，那个女人姓谷，叫谷晓芬，她哥哥叫谷晓勇，20多年前，母亲去世，父亲瘫痪在床，哥哥年轻时因为家里穷，没能娶上媳妇，她呢，因为哥哥经常出海，需要照顾瘫痪的父亲，也至今未嫁……

我坐在三轮车上，听着谷姐讲述着往事，看着道路旁那些低矮鲜艳的小花在视野里迅速倒退消失，我忽然觉得这条小路是如此美丽，同时，我又为刚才的自以为是和小肚鸡肠感到难过。

愿得一心人

孕妇真是伤不起，晚上十点多，老婆忽然想吃芭蕉。

小区门口倒是有几家水果店，但这么晚了，也不知人家关门了没有。老婆说，出去逛逛，没有就算了。于是披衣起身出去寻找。

围着小区转了两圈，没找到芭蕉。芭蕉这东西，甜中偏酸，吃完后还有点苦涩，很多人都不喜欢，销路自然不怎么好，水果店很少采购这种水果也是情理之中。也不知老婆啥时候喜欢上了这口，这节骨眼上，香蕉易找，芭蕉难求。

再往前就是十字路口，我说："要不买点香蕉算了？"

"再往前走走看。"老婆坚定地说。

于是又往前走了两条街，这时，路灯有次序地熄了些，隔一盏亮一盏，这是十一点半的标志，这个城市为了节约用电，十一点半准时关掉一半路灯。

我说回吧，老婆却指着前方说："那家肯定有。"

"何以见得？"

"你看那招牌，一心人水果店，芭蕉自古一条心嘛。"老婆说得貌似很有道理。

水果店不大，两旁靠墙的货架上整齐地摆满水果，红红绿绿惹人喜爱，店中间放着一张大茶几，茶几上摆着漂亮的茶具，几条木凳子整齐地摆在茶几旁，茶几后面是一个收银台。

还真被老婆猜中了，听说我们买芭蕉，老板娘沏了一壶茶，热情地招呼说："先喝茶，稍等一下就有。"

老板娘走到收银台前，对着白墙喊："他爸，送些芭蕉出来。"

这时，白墙慢慢打开，从里面出来一个坐轮椅的男人，他穿着件横条纹T恤衫和沙滩裤，大腿以下被截肢了，他双腿交叉，支撑起一只托盘，托盘里盛着三只芭蕉。原来这是道隐形门，门的颜色与墙一致，不注意还以为是堵墙呢。

男人一头长发微微卷起，满脸络腮胡须和头发一样花白斑驳，但并不凌乱，眼神里、脸庞上充满柔顺的光泽。

老板娘温柔地对男人说："不是我要吃，是这对夫妻，你再多取些来。"

男人转动轮椅，进去了。

"芭蕉便宜，没有人买，我进了些自己吃，孩子他爸说，我肠胃不好，芭蕉性寒，要少吃，于是，每次他最多给我两三根，既然夫人喜欢，我送些给你们吧。"老板娘见男人进去了，笑着说。

"你男人很有艺术气质，有点像张纪中，只可惜……"我话没说完，老婆拉了拉我的手。

"你看看墙上的照片。"老婆指着墙上的照片。

照片上一对璧人立在小桥流水旁，男的玉树临风，女的小鸟依人。

"是你们？"

女人看了一眼照片，微微一笑，说："二十多年前的老照片了，那时候孩子他爸是我们县一中的美术老师，有点艺术天赋，油画和篆刻都获过全国的大奖，在县里的艺术界也有点名气。我是他的学生，高中阶段正是情窦初开的年纪，第一次见到他，就喜欢并暗恋上了。高三那年，他带我们这些美术生去乌镇写生，照片就是那个时候照的，那时他和每个人都合了影，但我特珍惜这次写生。谁知写生快结束时，路过一个十字路口，一辆车忽然冲了过来，说时迟，那时快，他将学生推开，自己倒在了车轮底下，因为出了安全事故，他被学校开除了。那段时间，他很颓废，也很潦倒，我想，既然自己这么喜欢他，不能让他如此沉沦，于是，毅然决定和他在一起。有了孩子后，我在县城开间水果店，他帮别人刻些印章，日子虽有点清苦，倒也悠闲自在。去年，儿子到长沙读大学，我们来长沙开了这间水果店，由于离开故土，自然没人找他刻章了，这段时间，他在家里刻些闲章……"

正说着，男人端出一盘芭蕉出来了，老婆坚持付钱，但被拒绝了。

水果店不大,两旁靠墙的货架上整齐地摆满水果,红红绿绿惹人喜爱,店中间放着一张大茶几,茶几上摆着漂亮的茶具,几条木凳子整齐地摆在茶几旁。

临走时，男人对我说："我看先生也是喜欢闲章的人，送你一方闲章做纪念吧。"说着打开收银台的抽屉，取出一方石刻闲章给我。

这是一方黄田石，材质一般，但小巧精致。回家后，老婆取来纸和印泥，我小心翼翼地将闲章拓在纸上，只见纸上呈现出一句小篆字体——愿得一心人，白首不相离。

玉露为酒花为粮

太阳像颗火红的珠子向远处的山脊迅速滑落,云彩收起了它漂亮的衣裳。最后一拨买蜜的客人正起身离去,儿子微笑着和他们握手告别。

父亲搬起桌子从帐篷里走了出来,他看了一眼儿子,又往山下看了看,白色的山岚从山脚处袅袅升起,风一吹,山脚的资江水似玉带般若隐若现。四月的雪峰山正是杜鹃花盛开的季节,一丛丛一簇簇漫山遍野,开得醉人,就连整个山谷都弥漫着一股浓浓的芳香。

帐篷坐北朝南立在山腰处,与一条弯弯曲曲的下山小道连接着,帐篷右边放着一个煤球炉,左边摆着两个装蜂蜜的白色塑料桶,帐篷后面是块平整的山地,地面上摆满密密麻麻的蜂箱。

父亲身材高挑,山风将他的脸刮得又黑又瘦,他刚将桌子支好,老伴的菜就迫不及待地上来了。简简单单的四个菜,基本上都是从山上就地取材,凉拌香椿、野竹笋炒腊肉、胡葱煎鸡蛋、蒲公英汤。蒲公英已经开出黄色的花朵,老伴也不摘掉,任由它夹杂在绿叶中间,自由散漫地漂浮在汤面上。父亲没言语,心想,这汤倒是与这山野的气息有几分吻合。父亲知道:30多年来,老伴一直跟随他走南闯北,年年追着花期跑,她已经深谙"春吃鲜花夏吃果,秋食野菌冬喝汤"的妙处,也深知就地取材的便利。

儿子送完客人朝帐篷走来时,儿媳提着一桶"苞谷烧"从帐篷里出来,手里还拿着两个粗陶瓷酒杯,她麻利地给父亲和自己的男人都满上一杯。

父亲问:"想好了没有?"

"想好了,我以后就干这个。"儿子深深地闷了一口酒,说道。

"养蜂又累又寂寞,根本没法和城里的大公司主管比。"父亲浅浅地品了一口酒。

儿子望了一眼媳妇,见她没有反对,就说:"这个我们知道,我们不怕苦。"

其实,父亲还是希望儿子和儿媳回城里上班的。他心疼儿子和儿媳,两个没吃过苦的大学毕业生,好不容易熬到主管的位置,却因揭发上司收受贿赂而被领导和同事们疏离。他更知道,儿子和儿媳又是那种很纯粹的人,正义二字就像他们的手和脚一样,成了身上不可或缺的一部分。

"养蜂蛮辛苦的,不仅要天南地北地追着花期跑,还要风餐露宿、栉风沐雨,春天潮、秋天冷,更难受的是当你打开蜂箱、提出巢脾、查看蜜蜂状况时,一次次地被蜜蜂蛰,有时胳膊会肿得碗口一般粗,火烧火燎的疼,你一个女人家,能受得了吗?"父亲见没法劝退儿子,就将劝慰的对象改成儿媳。

"三十多年来,你和母亲不也是这样过来了吗?"儿媳坚定地看了一眼婆婆,觉得她脸上的两朵"高山红"比胭脂还艳丽。

"收入也比城里少,将来你们同学、同事、朋友聚会的时候,你会觉得没面子的。"父亲只顾着出难题。

"没有攀比就没有伤害,真若相聚,他若念情,自然不会看轻我,他若看轻我,自然不是我的菜。"儿子平静地说。

"行,那就跟着我干吧。"说完,父子俩深深地喝了一大口。

那晚,父子俩都喝醉了,父亲却做了一个奇怪的梦,他梦见他们四个都变成了翩翩飞舞的蜜蜂,他们从雪峰山的杜鹃花上起飞,一路追赶着花儿飞翔,飞过江西婺源金黄的油菜花,飞过洛阳雍容华贵的牡丹花,飞过石家庄热烈奔放的槐花,飞过宝鸡妖艳动人的海棠花,飞过兰州香气浓郁的刺玫花,飞过新疆林芝的红桃花……

一路上,他们像宋朝杨万里写的诗歌《蜂儿》一样,玉露为酒花为粮,蜜成犹带百花香。

蒲公英已经开出黄色的花朵,老伴也不摘掉,任由它夹杂在绿叶中间,自由散漫地漂浮在汤面上。父亲没言语,心想,这汤倒是与这山野的气息有几分吻合。

第三辑

心·故乡

青藤翠蔓蒹蒹,长在山头水涧。
黄白花蕊香香,惹得蜂蝶翩跹。

青山虽然不语,道破花如金银。
莫追乡愁几许,有心有酒有鱼。

我的双城生活

八年前，由于公司重心工作前移，全体员工从长沙迁至岳阳办公，从此，我就过上了所谓的双城生活。

刚到岳阳时，没恋爱，没结婚，一个人风风火火地穿梭于两座城市之间，来去自由，确实有种"风风火火闯九州"的豪迈感。特别是武广高铁开通后，从长沙到岳阳只要半小时的车程，有时朋友一声吆喝，下午六点还在岳阳上班的我，傍晚七点就到了长沙的某个角落和朋友一起喝茶聊天。记得有一次，朋友东哥生日，几个玩得好的朋友相约在韶山路的某酒店喝酒，我和长沙河西的一个朋友同时出门，我到长沙与阿东喝了几轮酒后，河西的朋友才姗姗来迟，那种幸福感让我在朋友们面前得瑟了好几天。

长沙与岳阳虽然相隔不远，但岳阳属湖区，不仅物产丰富，而且气候宜人，再加上岳阳人特别会生活，就连简单的一条鱼也能够烹饪出各种美味。2009年的夏天，几个死党到岳阳看我，我在岳阳楼边上的汴河街设宴接待，汴河街紧邻洞庭湖，一干人等坐在清风明月下，边吃烧烤边喝啤酒，惬意之极。后来有朋友喝多了，醉眼蒙胧之际，对着岳阳楼和洞庭湖大发感慨，然后无比羡慕地对我说：岳阳这个地方真好！你啊，幸福！既占尽了长沙的繁华和喧嚣，又拥有了岳阳的恬静和闲适！那份真诚我至今记忆犹新，也正因为如此，那段时间，我的幸福感超级膨胀。

然而，随着时间的推移，这种幸福感如盛夏泼在马路上的水一样，没多久便蒸发得无影无踪。还说喝酒吧，某个深夜，迷迷糊糊接到朋友电话，说在长沙某个地方宵夜，于是满口答应，一骨碌爬起来，却发现自己立在岳阳满天的星光下，那种惆怅，无可言语。

2012年老婆生了小孩，幸福感陡然增加，每次离家前，看着小宝贝粉嫩可爱的小脸蛋，就常常不忍离开。有一次，老婆半夜打电话给我，说小孩忽然发烧得厉害，脸都烧红了，没有经验的老婆吓得直哭，我一边安慰她一边背上包就往车站跑。但此时高铁没有了，火车没票了，汽车停运了，就连出租车也不愿跑，一个人游荡在岳阳的街头，边走边电话"遥控"老婆，那种悲凉感真的叫欲哭无泪。好在老婆及时把小孩送到医院，才没有引起肺炎之类的病症。

现在想想，双城生活确实给我带来双重的感受，就像有首歌唱的那样："痛并快乐着，恨恨且爱且狂……"

双城生活确实给我带来双重的感受,就像有首歌唱的那样:"痛并快乐着,恨恨且爱且狂……"

那些散落在井湾子的青春

仿佛孙悟空入了如来佛的手掌，不管悟空怎么折腾也逃不过如来那巴掌大的掌心。

来长沙18年，我兜兜转转换了很多单位，甚至跑到北京去"飘"过，然而不管我怎样"突围"，都没能逃脱长沙井湾子这个不知被谁施了"魔咒"的地方。

1998年，我大学毕业，根据国家分配进了湖南省交通系统，到三湘客车厂报到的当天，我深深地被它的破败所"征服"，与我同时报到的6个大学生兄弟在客车厂转悠了一遍后，顾不上长沙七月那如火的天气，相拥坐在三湘小区单身宿舍那棵老樟树下，满眼泪水地喝啤酒、发牢骚。然而第二天，大家还是按部就班地走上各自的岗位，因为我们知道我们是最后一批包分配的"幸运儿"。

也许正因为这种"不如意"吧，井湾子几乎成了我们几个兄弟"蹂躏"的对象，它的每一寸土地都被我们践踏过。那时候，东塘对我们来说是非常奢侈的所在，南门口和五一广场更是不敢问津，于是，几个人搜地毯似的在井湾子一带活动。在我们心中，井湾子以韶山路为轴心，北不过香樟路口，南不达湘府路，西不到芙蓉路，方圆几平方公里罢了。那里的一草一木我们都很熟悉，那里的每一家店铺我们都如数家珍，我们唱歌跳舞、吃喝玩乐就找便宜的地方扎堆，穿衣戴帽、买鞋买袜就往夜市上跑，好在那里有几个学校，比起那些学生来说我们还算富裕的了。

然而三年后，不管我们愿不愿意，客车厂还是垮了，就像一棵枯朽的老树，一阵大风过后，四仰八叉地横陈在我们的面前。来不及哭泣，我们就得自己去找工作，从北到南，从东到西我都工作过，但始终没有离开过井湾子。曾经有段时间，我在伍家岭的一家媒体工作，单位考虑到我离井湾子太远，给我和同事们租了套房

井湾子几乎成了我们几个兄弟"蹂躏"的对象,它的每一寸土地都被我们践踏过。

子，但我还是坚持每天坐两小时的公交车回井湾子，仿佛只有回到那个地方，心才会安稳一样。

  2003年夏天，轰轰烈烈的"非典"过后，我也冒冒失失得了一次"非典型性脑膜炎"。那年我变卖了所有的家当，破釜沉舟前往北京，发誓与长沙井湾子决裂，与过去决裂。经过近半年筋疲力尽的漂泊，同年冬天，我终于坐上了北京民生银行的办公桌。当时的我，坐在北京暖暖的办公室里想，长沙已经离我远去了。然而2004年的春天，随着万物的苏醒，长沙井湾子如一颗发芽的种子一样在我心中开花结果，一阵想家的风刮来，来不及跟行里的领导打辞职报告，就又把我吹回到井湾子那片并不繁华却生活气息盎然的土地。

  后来，每每走在井湾子的街头，我就不由地想，这片曾经让我懊恼过、悲伤过甚至哭泣过的土地为何有如此大的魔力让人舍不得离开？前几天，和原来客车厂的几个朋友聚会，共同回忆在井湾子"压马路"的时光，他们无意中说起：井湾子这个地方承载了我们当时太多的梦想，我们与这块土地一同成长，还有这片土地上散落着我们回不去的青春！

"红星"照我去战斗

就像初恋会给人的情感打下烙印一样,对于一个远行的人,一定会有那么一个地方如半夜长出的朱砂痣一样,不经意间深深地嵌入你的肉体和生命里,成为你拔不掉的一块标记。

我生命中的这颗朱砂痣就是韶山路上的红星村。

大学毕业后我来到长沙客车厂工作,当时单位人多宿舍少,我们四个一起新分进来的大学生就跑到离工厂不远的红星村租房住。

那时的红星村还是"晚来一片蛙声"的田园村落。我们的房东姓李,一个地地道道的农民,也是一个典型的"长沙里手",我们叫他李老伯,他当时五十开外,老婆跟着小孩去了深圳,他一个人守着一栋偌大的房子。

我们租房的时候他只问了一句:"你们来几个?",房租的事一概不提。

后来,还是我们询问了行情后,主动将房租费给他,他还不好意思地说:"我是一个爱热闹的人,你们来了我高兴,怎么好意思收你们的钱?"

但接触久了,我们才发现,李老伯个头不高,调子高;长相一般,心不一般。那个时候,红星水库还没有"寿终正寝",一汪碧幽幽的湖水虽已开始萎缩和恶化,但毕竟还能下水游泳,李老伯带我们去游泳,去路上吹嘘自己能在水库里打来回,可真到了那里,他就只敢拿块毛巾在水里搓搓身子而已。

还有一回,市文工团下乡演出,李老伯站在拥挤的人群中直看到主持人说"谢谢、再见"之后才回家,回家后就跟我们唠叨:"你们说那么丑的一个人怎么能当男主持呢,真是糟蹋了那美女主持了,还不如请我去。"乐得我们好几天没合拢嘴。

快乐的时光总是短暂的,两年后,我们和李老伯家都受到了市场经济的"洗礼",可"洗"出的结果却完全不一样,我们洗出的结果是工厂即将倒闭,我们即将失业,李老伯家"洗"出的结果是开发商要建房,李老伯家要拆迁。那时出租屋里同时充斥着两种情绪,即唉声叹气、茫然无措的我们和花腔小调、春风拂面的李老伯家。

有天晚上,李老伯又哼着小调请我们喝酒,喝多了的我们骂娘发牢骚,谁都清楚,我们憧憬着的美好未来,就像肥皂泡,两年时间就破没了。

听我们发完牢骚,李老伯忽然问我们是否看过《闪闪的红星》?

我们摇摇头。

李老伯说:"主人公潘冬子有天问妈妈,红军什么时候才能回来?妈妈说,等山上的映山红开了的时候,红军就会来了。于是潘冬子来到村口,遥望山上曾经盛开映山红的地方,憧憬着映山红开了,红军回来了,他成了其中的一员……当他陶醉在美好的憧憬中的时候,吴大叔来了,吴大叔告诉他,要想胜利就不能靠等,要去奋斗。"

李大伯接着说:"你们都是大学生,记住那句话,要想成功就不能靠等,要去奋斗,我的房子还要两年才会拆,这两年,你们去闯,这里免费为你们开放。"那晚我们都觉得李老伯是个神!

后来,工厂"顺利"倒闭,但我们四人中一个考上公务员,其他三人均凭借实力进了不错的单位。

现在回想起那段在"红星村"奋斗的时光,我们除从心底感谢善良的李老伯外,更是认识到一个普通长沙人的底色和信念。

我们除从心底感谢善良的李老伯外,更是认识到一个普通长沙人的底色和信念。

牵手走过雨花亭

这些年,长沙城仿佛一滴浓墨滴进了清水里,城市的范围在朝四面八方不断地扩展和延伸。

十年前,所谓的城南绝对没超过雨花亭,像我这个住在井湾子的人,一般都不认为自己是城里人,充其量算个在郊区有工作的人,可现在你到井湾子去看看,高楼大厦鳞次栉比、车流人流川流不息,它已经成了一个典型的商业中心了。

那时,我最喜欢去的地方就是雨花亭,因为那里有城南最大的购物商场沃尔玛,有城南唯一的电影院——中影经典影院,还有超级好吃的来凤鱼和潭州瓦罐饭庄,更主要的原因是,它离井湾子近,用长沙话来形容,那就是"一脚油门就到了"。因此,节假日也好、工作之余也罢,我都爱逛雨花亭。

特别是和老婆谈恋爱那段时间,我们几乎天天都去雨花亭压马路,逛累了,就去看场电影,或者吃顿潭州瓦罐,幸福满满的样子,仿佛雨花亭就是咱家的后花园一般。

老婆是那种典型的居家女人,买东西总爱货比三家,有时为了一件心爱的衣服,偌大的雨花亭她能来来回回地走上三四遍,因此,那段时间我对雨花亭的商场或者门店里的打折信息了如指掌。有一次,我湘西的同学带家属来长沙玩,临走时想在长沙购几件衣服回家,我极力推荐去雨花亭,并且一口气报出二十几个店面或品牌打折的信息,同学惊讶地看着我说:"你现在在干什么工作呀?怎么会对这些情况了如指掌?"我老婆一听,乐了,对我同学说:"他呀,在经过我来来回回无数次魔鬼般的训练后,现在终于能够胜任导购兼保镖这一职位了。"同学一脸茫然地看着我说:"导购?还保镖?"看着同学云里雾里的样子,我也乐了,就把我陪老婆在雨花亭货比三家的故事告诉了同学,同学一听也开心地笑了,说:"就冲你

逛累了,就去看场电影,或者吃顿潭州瓦罐,幸福满满的样子,仿佛雨花亭就是咱家的后花园一般。

第三辑 心·故乡

们俩这种持家的态度，我们也去雨花亭买衣服。"

现在，随着长沙城的不断发展，井湾子一带已经今非昔比了，我们也不需要"一脚油门"地去搭公交车逛雨花亭了，在家就能拥有繁华和便利，于是，雨花亭也逐渐淡出我们的生活的范围。

前两天，一个朋友在雨花亭的某酒店摆酒，喝完酒出来，走在雨花亭熟悉的街道上，回想起以前的点点滴滴，老婆情不自禁地拉着我的手说："雨花亭真不错，还跟我们青春年少的时候一样朝气蓬勃呢！"

湘府路上芙蓉开

都说现在的季节如女人的裙子，夏冬是婚纱，拖着长长的裙摆，没完没了；春秋是超短裙，变着花样地越来越短。

幸好我是一个粗心的人，对季节更替有点迟钝。前两天我和老婆从郊区路过，看见道路两旁的木芙蓉开了，白的、粉的、紫的、红的……一丛丛、一簇簇，千娇百媚地缀满枝头，把整个道路装扮得格外漂亮。

我高兴地对老婆说："你看，芙蓉花开了，真好看！"老婆却说："芙蓉花开代表着已是深秋了。"

女人的思维确实与男人不同，芙蓉花开我只想到漂亮，而她却想到了季节更替。

经老婆这样一点醒，让我忽然想起木芙蓉花确实开在晚秋。宋代苏东坡在诗中就赞美木芙蓉花，说它是"千林扫作一番黄，只有芙蓉独自芳。唤作拒霜知未称，细思却是最宜霜"。

老家邵阳芙蓉花开的时节，就是到处白露为霜、层林尽染的深秋景象。这样的季节，老家的人们一定会穿上薄薄的棉袄才出门劳作，因为深秋的山风清冷蚀骨，寒气逼人。

记得读初中一年级时，一个周末的早上，母亲带我去地里挖红薯，母亲负责挖，我负责将挖好的红薯抡干净后装筐。到了中午时分，阳光暖暖地照在身上，我流汗了，正当我准备将薄棉袄脱下时，母亲看见了，制止我说："别脱，小心着凉，山里的秋风硬着呢！"

我当时不信，悄悄地将薄棉袄给脱了，当时吹着微凉的山风还自鸣得意了一阵子。可没想到，下午回家后忽然觉得头痛欲裂，没多久就发起了高烧。母亲请来了赤脚医生，打针吃药后，母亲用棉被将我团团围住，边给我烧姜汤边对我数落："要你不要脱衣服，你还不信，现在着凉了吧！这周你也别上学了，待在家里把病养好了再去。"其实，打针吃药后，我恢复很快，一两天就好了，可是作为惩罚，那一周，母亲硬是没让我出去瞎逛，我每天不是躺在床上发呆，就是趴在窗口边看院子里那些盛开的五颜六色的芙蓉花。也就是从那时起，我只要看到老家院子里的芙蓉花盛开了，我都会主动添加衣服。

  时间一晃二十几年过去了，求学、工作、结婚、生子，都在外地度过，可老家院子里的芙蓉花却依旧开在记忆的深处。

  而今，看到芙蓉花热烈地盛开在道路两旁，可此时的我却仍然一身短装，丝毫没有家乡秋天那种"蒹葭苍苍，白露为霜"的沧桑与高远，城市的风难道比乡下的风要柔要软要暖？或者城市根本就让人不知季节的变换。

那一周,母亲硬是没让我出去瞎逛,我每天不是躺在床上发呆,就是趴在窗口边看院子里那些盛开的五颜六色的芙蓉花。

东塘的青春秘密

"还记得那两年你们两个天天搭七路中巴车去东塘的事吗？"

那天，我们几个曾经在客车厂一同工作过的老朋友聚在茶馆里喝茶，话题如茶杯里的茶叶一样，沉沉浮浮都是以前的往事，可阿彪忽然问了我和阿东这么一个奇怪的问题。

"记得。那两年每天下班后，我和阿昌就会站在韶山南路边的客车厂门口等中巴车去东塘。只要站在马路边上，7路中巴车就会伴随着售票员'踩一脚'的喊声，嗖的一声在你面前停下，比现在抢生意的的士快多了。售票员从来不问你去哪里，也不管里面挤不挤，只是飞也似的斜挂在车门上、拽着你的肩膀，把你拉上车，整个过程如装沙丁鱼罐头一样，一不小心你就会被装进中巴车这样一个密闭的容器里。"朋友阿东说。

"哎，快别说了，那两年我被阿东'当枪'使了两年，他天天对你们这些朋友说是陪我去工人文化宫搞锻炼，其实就是去追妹坨。两年时间，我把自己锻炼得五大三粗，他却把嫂子的肚子锻炼得圆圆鼓鼓，幸亏他们有情人终成眷属，否则那两年我这个电灯泡就白亮了。"我调侃阿东。

"你还好意思说，要你打个掩护，你就放肆蹭阿霞他们商场的折扣商品，纵情享受阿霞他们酒店的免费空调，还吃了我多少零食和宵夜，害得我的恋爱成本成倍增加。"阿东"抱怨"起来。

所谓打掩护，其实是阿东的脱身之策，阿东大学毕业能进客车厂，是他表姨妈出的力，他表姨妈当时是厂里的一个高管。可没想到的是，阿东进厂没两天，他表姨妈就将自己远房亲戚的女儿介绍给阿东，那女孩也在我们厂里工作，大家低头不见抬头见的，阿东不好拂大家面子，就答应他表姨妈说愿意跟那女孩先接触，可私

有时我们也会去东塘火宫殿,找一个靠窗位子坐下,点几片臭豆腐,要一碟花生米,再来一碗猪血汤,三个人喜滋滋地把这个小小的秘密囫囵吞下。

下里却告诉我,他和阿霞早在大学里就好上了,阿霞为了阿东,放弃了在老家教书的工作,来长沙打工,正在东塘友谊商城当售货员呢。于是,他就要我假装天天纠缠他去东塘工人文化宫搞锻炼。

其实我也蛮乐意当这把"枪",因为当时友谊商场的正价品牌衣服对于我来说还是有点奢侈,但又想拥有,有阿霞在当售货员,自然能享受到内部折扣,大大满足了我买衣服的虚荣心。

后来,阿霞跳槽到神禹大酒店当领班,由于工作出色,最后跳槽到大华宾馆当经理,尽围着东塘打圈圈。我知道那是阿东的主意,主要是便于我以锻炼的名义拉他去东塘。

那时候,我们不敢在食堂吃晚餐,主要是怕碰到那女孩,所以一下班就飞也似的搭中巴去东塘,到东塘后,我安安心心地去工人文化宫搞锻炼,阿东则一张报纸一杯茶地坐在酒店大厅里等阿霞下班。

晚上十点,阿霞下班,才是我们三个人晚餐的开始,随便找一个夜宵摊,边喝啤酒边看华灯璀璨的东塘,我总觉得那繁华的背后分明安眠着一个静谧的梦。

有时我们也会去东塘火宫殿,找一个靠窗位子坐下,点几片臭豆腐,要一碟花生米,再来一碗猪血汤,三个人喜滋滋地把这个小小的秘密囫囵吞下。

友谊路上的友谊

那时我固执地认为：我和表兄大勇的往来绝对不会超过两年，因为我很不喜欢他的油腔滑调和口头禅。

1998年我大学毕业分到客车厂工作时，他不知从哪里得到了消息，骑着辆破自行车逃过了工厂保安的阻拦，直接找到正在车间实习的我。

他见到我的第一件事，就是要我同他一起去车间主任那请假，我问为何要请假？他说："我靠，兄弟这么久没见面了，难道在你们破车间说上一下午？"

我说，我们还没见过面呢！他满不在乎地说："我靠，小时候我们见过面的！"

我想不起小时候在哪见过这位七拐八弯的远房亲戚，也不想在车间纠缠，就跟着他去车间主任那请假，他对我们车间主任说的第一句话就是："我靠，你们就让大学生在这样的工作环境里工作？"搞得我们车间主任惊愕不已，以为来了领导，小心地问："请问你是哪个单位的领导？"他把手一挥，起着高调说："我靠，这你就不用管了，我把他喊到我们单位去问问话，下午就不回车间了！"看大勇油嘴滑舌的样子，我顿时羞得满脸通红，车间主任看了我一眼，挥挥手表示了同意。他自豪地把我带上了那辆破自行车，仿佛凯旋的将军！

他手脚麻利地把我带到他的住处，长沙卷烟厂设在友谊路上的一个仓库。那时的友谊路荒凉无比，东边是电视机厂，西边就是青园宾馆，中间就是卷烟厂的仓库。一条毛马路连接着韶山路和芙蓉路，总长度不超过三公里，唯一一趟公共汽车140颠簸在这条坑坑洼洼的友谊路上。

到家后，他自顾自地忙碌起来，没多久，一桌色香味齐全的丰盛的午餐呈现在我的面前，这时我才知道他是长沙卷烟厂的厨师。

大勇酒多话也多,典型的"自来熟",第一次见面基本上都是他说我听,后来,我实在受不了他每句话开头的那两个字,就跟他说:"你能不能不说'我靠'这两个字?"

他很认真地看着我,说:"我靠,我也想过这个问题,可就是改不了,就像唱山歌需要一个'嗨'来起调一样,不说那俩字,我说不出话!"我说你有心理障碍,他说:"我靠,也许吧!"

虽然忍受不了大勇的口头禅,但我还是断断续续地去他那蹭吃,因为他的手艺实在太好,我的心想拒绝这段友谊,但我的胃无法拒绝美食。

2000年左右吧,有次他喊我去友谊路喝酒,竟然把口头禅的毛病改掉了,我当时惊讶不已,说:"啥时候把口头禅的毛病改掉了?"他苦笑,说:"就这几天的事,不改的话,没有房,你嫂子和侄女就进不了城。"

原来,烟厂要将友谊路上的仓库改成员工的集资房,大勇报了名,领导找他谈话的时候,他口头禅不断,领导以为他是故意的,竟然要将他的名额除掉,小勇一急,才改了这毛病。

我忽然觉得大勇也蛮可爱的,一个男人,愿意为了自己的家人改掉一些毛病,说明这人有担当,我喜欢和有担当的人在一起。也就是从那时开始,我们的友谊像韶山路忽然转了一个九十度的弯直奔友谊路一样,我对他的感觉忽然从不屑到喜欢。

十几年过去了,友谊路在不断地扩展和延伸,我们友谊也是如此。

他很认真地看着我,说:"我靠,我也想过这个问题,可就是改不了,就像唱山歌需要一个'嗨'来起调一样,不说那俩字,我说不出话!"

楚楚动人的香樟路

堂妹在老家开了一个小店,年前特意来长沙高桥大市场进些紧俏的年货,好回老家贩卖,因耽误了车程,在我家住了一宿。

晚上,我们兄妹二人闲聊,无意间聊起堂妹在香樟路上求学的事。

我参加工作那年,堂妹考上了香樟路上的一所中专学校(现在该学校已升为某学院了)。为了改善伙食,每到周末,我们兄妹二人就自己动手做饭菜,有个周末,我加班到很晚才回家,堂妹等我吃完饭收拾停当后匆匆走了。我当时没在意,没想到十几年后说起此事,堂妹还记忆犹新,她说:"你不知道,那天晚上我硬是一口气从香樟路口跑到学校啊!几千米呢,跑得我上气不接下气!"

我问为何要跑?堂妹淡淡地说:"那时的香樟路,晚上很难看到人影的,路灯又昏暗无光,道路也坑坑洼洼,周边七零八落全是民房,你想,一个女孩子独自走在这样一条路上,要是冲出一骑摩托车的坏人怎么办?能不害怕?能不跑?"

我说:"我当时倒没想到这一层啊!不过现在的香樟路可是宽敞、明亮、繁华得很呢!"

"不会吧?"堂妹半信半疑。

"眼见为实,走,看看去!"于是我们乘车来到香樟路。

一路边走边看,堂妹嘴上念叨得最多的就是"没想到"三个字。在香樟路口,她指着家乐福超市说:"以前这里是交通干校,我还在里面打过篮球呢,没想到都成商业街了!"我说:"学校早就搬走了,新校区比以前大多了!"

逛到香樟中路,她又说"我记得以前这里是一个破烂的菜市场,没想到变成高耸入云的酒店了。"

走进她们学校,堂妹这里看看,那里瞧瞧,走走停停将近两个小时才逛完,她

走到万家丽路口,看到雨花区政府,她惊讶无比:"我记得以前这里还是一片荒芜的山林呢,没想到都繁华成这样了!"

说:"我读书的时候,也就十几栋教学楼、生活楼,没想到现在都成了一个大学城了。"

走到万家丽路口,看到雨花区政府,她惊讶无比:"我记得以前这里还是一片荒芜的山林呢,没想到都繁华成这样了!"

逛完香樟路,我特意在学校门口的杨裕兴请堂妹吃了一碗米粉,坐在干净明亮的落地窗前,堂妹看着橱窗外的灯光说:"一切都变了,只有这长沙米粉还是这么好吃啊。现在想想,我上学时的香樟路就像一个蓬头垢面的孩子,从头到脚都是一副原生态。没想到十多年不见,香樟路已经长成一个楚楚动人的大姑娘了,你看,就连马路边的这些绿篱,也如姑娘眉前的刘海一样,被捯饬得格外整洁清爽了!"

我顺着堂妹筷子所指的方向看去,仿佛真的看见了香樟路如一个楚楚动人的姑娘朝我们走来!

醉在望月湖

本人虽平素喜欢清净，一年到头基本上待在家里享受天伦，但骨髓里却是一"酒肉之徒"。只要手机一响，在不违背"八项规定"的原则下，定能准时赴约，毕竟新年马上就要到了，聚会有时也是朋友间表达祝福的一种途径。

可每次聚会我都千方百计地推荐去望月湖，很多人不理解，问我从河东的井湾子到河西的望月湖，少说也有几十公里，坐公交车要一两个小时，打的也要百来元钱。如此舍近求远，是不是望月湖的景色很优美，要不就是那里餐馆的口味很独特，或者是不是我在那里开了一个酒店好照顾自己的生意，我都一一否定。原因其实很简单，因为我有个朋友冰哥曾经住在那里，他好客又好酒，他让我多次在望月湖的酒馆里喝得酒醉醺醺后出尽洋相，然后又让我从洋相背后的尴尬中感受到成长的力量。

2002年的夏天，我应聘到湘春路上的一家杂志社做编辑，冰哥是我的上司，和我同在一间办公室。他当时42岁，沉稳内敛，而我却因刚刚失恋整个夏天都郁郁寡欢。一个周末，我正在加班，冰哥忽然来了，手上提着一瓶冰啤酒，边喝边问我："去我家喝点不？"那时我才知道他家就住在望月湖。

都说借酒消愁愁更愁，可就是这样一场普通的喝酒，让我体会到醉酒有个时候也是男人成长过程中一次痛苦涅槃。那次喝酒因为有了冰哥这个完美的倾听者，倾诉才觉得是一剂良药，把我二十多年对爱情的迷惘与失望都统统进行了一次疗伤。

那天中午我不知不觉就喝多了，冰哥把我扶回了他家，我坐在冰哥家的沙发上正准备掏手机给女朋友打电话，这时，嫂子看到房间里太热，递给了我一个空调遥控器，我接过遥控器，对着遥控器说了一个半小时后沉沉睡去。

第二天冰哥爱人王姐笑得眼泪汪汪地告诉我，我问冰哥："你为何不制止我拿着遥控器打电话"。他淡淡一笑:"你并不是失恋,你只是需要一个倾听者而已,遥控器倾听了你的心声,你的爱情就不远了!"

醉酒有个时候也是男人成长过程中一次痛苦涅槃。那次喝酒因为有了冰哥这个完美的倾听者,倾诉才觉得是一剂良药.

哥哥面前一条弯弯的河

刚出公司大门，手机响了，是朋友雄哥打来的，说请我吃饭。雄哥是我在客车厂工作时的同事，二十年的老朋友了。可我这段时间比较忙，不想大老远从井湾子跑到浏阳河边去吃饭。

雄哥就说："你来吧，老屋马上要'毁尸灭迹'了，算是给老屋来一次'人生告别'吧！"

我知道雄哥的意思，因为前段时间我听说他们那里搞开发，要拆迁。雄哥属猴，当时我调侃他说："你小子真是只幸运的猴子，在浏阳河边的山林里顽劣了大半辈子，一次拆迁就把'社会主义的桃子'给摘走了，赚个盆满钵满，衣食无忧。真幸福！"

雄哥说："在浏阳河畔住了四十多年了，忽然间要离开，住到城里去，心里还真有点舍不得呢。"

"别得了好处还卖乖。"说完，我对着雄哥的胸口处擂了一拳。其实，我知道雄哥说的是真心话。

二十年前，我和雄哥大学毕业来到客车厂工作，我在试制研发中心，雄哥在质量保证部。那时候，为了适应市场需要，厂里每个月都会研发出新车型，所谓的新车型无非就是在前台车的基础上添加或减去点功能而已。因此，新车型一出来，第一台车是要放到外面去跑的，一是看市场反应，二是跑磨合，做耐久试验。雄哥在大学里就考了驾照，厂里其他老师傅忙不过来的时候，领导就让雄哥带我出去跑车，他每次总是把我拉到浏阳河畔。浏阳河本来只有九道弯，可他硬是跑出九九八十一道弯。我每天的任务就是跟着雄哥沿着浏阳河大堤从头跑到尾，然后掉头从尾跑到头。用雄哥的话说，新车型不多跑点路，怎么知道新车的性能。我那个

我心桃花源

WOXINTAOHUAYUAN

156

反正闲着也是闲着，两个大男人在一起也不用害羞，于是我打开玻璃窗，对着清澈澄明的浏阳河吊嗓子。

时候爱唱歌，两个人跑累了，雄哥就让我唱歌解闷，反正闲着也是闲着，两个大男人在一起也不用害羞，于是我打开玻璃窗，对着清澈澄明的浏阳河吊嗓子，雄哥爱听《浏阳河》，我"演唱"的曲目中，《浏阳河》成了必须，于是我就在浏阳河的波光潋滟中我把这首歌唱了一遍又一遍。

到了晚上，我们总会在一个固定的地方休息，那就是雄哥家。他家就在浏阳河边上，离当时的长沙城区也就三五公里的样子，白天来来回回地在浏阳河边上跑，经过家门口无数次，雄哥都不会停车，他爸妈在门口看见我们的车也不招呼停下，只是微笑地看着，雄哥就在父母关切的目光中呼啸而去。到了晚上，只要我们把车一停，雄哥的妈妈就笑呵呵地开始张罗饭菜，爸爸则将桌子支到河边上，大家围坐一起喝酒聊天看星星，好多个夜晚，我在雄哥家醉得一塌糊涂。

有一天中午，我们在河边上跑车，忽然听见了有人在喊"救命"，循声望去，有个小孩在河中间的水里扑棱着，眼看就要被河水淹没。雄哥一个急刹车将车停稳，箭一样飞到河里去了，转眼间就到了小孩身后，他抱起小孩踏浪而回，前前后后不到五分钟，动作之快之娴熟，真如金庸的武侠小说里形容的一样，看得我都傻眼了。从此以后，一有时间，我就缠着雄哥教我游泳，直到我也能在水里扑腾两个来回后，我才将他放过。可有个人没放过他，那就是李静，那个被救的小孩的堂姐。李静知晓这件事情后，还在师范读书的她主动写信追求雄哥，从此，雄哥就成了那小孩的堂姐夫、李静的老公。

后来，客车厂倒闭了，所有的人都另谋职业，雄哥就回到老家，在浏阳河边开了个小卖铺，日子虽过得如这河水一样起起落落，但总的来说还是清爽干净的。

现在，房子要拆迁了，雄哥的生活又将会有一个新的起色，可他却有点不舍，他跟我说，现在总是在梦里梦见小时候在清清的河水里游泳的欢乐时光呢。

一入沩山溽暑消

七月中旬，进入盛夏，骄阳似火，气温也跟着急速上升，这些天长沙竟然攀升到了40度左右。

有好事者在五一广场做了个实验，把一块五花肉放在大理石地面上，30秒后贴地的一面已经泛白，10分钟后就全熟了，于是有人惊呼，人和烤串之间的距离只差一撮孜然了。

这当然是个笑话，一个有血有肉的生命怎能与一块生肉相比，不过城市的热岛效应已经充分显现，生活在这种环境下，人难免躁动不安，就是天天喝绿豆汤、莲子粥也下不了火。我正在为这焦躁难熬的酷暑犯愁，朋友却相邀去沩山避暑采风。

从长沙市区到宁乡县沩山，虽相距只有百来里，但气候似乎迥异，车过宁乡县城往西后，满眼青翠扑面而来，酷暑被慢慢逼退，我顿感神清气爽。放眼望去，眼前仿佛一幅幅重峦叠嶂的山水画在徐徐展开，真有种"车在山中走，人在画中游"的感觉。

同行的女作家谢然子见此情景，竟然诗兴大发，她大声吟诵："此刻，我的心像一只轻盈的蜜蜂，自由地飞翔在沩山的莲花瓣上。"我问她为何如此形容，她给我介绍："沩山是一个山顶盆地，四周群山环抱，从高空俯视，沩山仿佛一朵尽情绽放的莲花，而此刻，我们就走进这莲花瓣上。待走进莲花里，你便可感受到'千山万山朝沩山，人到沩山不见山'的禅境。"

到了午餐时间，为了让这位女作家的心灵在"莲花瓣"上多停留一会儿，领队直接将车开到了十八弯农庄。农庄建造在一个山坡之上，三四进客房错落有致地排列在左侧，右侧则是餐厅和包房。山坡下，一条潺潺小溪绕着农庄缓缓流淌，院子里，满架的葫芦瓜长得正好，走在瓜架下，阳光斑斑驳驳的漏了进来，照得葫芦瓜熠熠生辉。

中餐过后，大家沿着小溪溯流而上。走到半山腰，眼前忽然呈现出一汪碧绿，原来，一个四五米宽的石坝将水拦住，顺山而下的涓涓细流汇集于此，形成一个水潭，潭水清可见底，水深约三米左右，从高处俯瞰，犹如一块碧绿的翡翠镶嵌在山坳中。有人提议在这里游泳戏水，这时，一阵风过，竟带来瓢泼大雨，一行人来不及躲藏，就在这干净清凉的过山雨中来了一个"天然浴"。都说"六月的天，孩儿的脸"，一阵瓢泼大雨后，天空立马放晴，山尖上山岚袅袅升起，在阳光的照耀下云蒸霞蔚。大家下山时仿佛腾云驾雾一般，没多久就回到农庄，把干衣服换上，这时溽暑全消，清凉畅快得很。

　　带着这种畅快，大家启程前往密印寺，据说密印寺是我国佛教禅宗五大宗家之一沩仰宗的起源地。唐宪宗元和二年（即公元807年），高僧灵佑禅师来沩山开法，经宰相裴休奏请朝廷御赐"密印禅寺"门额，建立了这座寺庙。

　　来到密印寺前，果然见其规模宏大，气度不凡。远远望去，一座千手观音屹立在高山之巅，寺前广场上有牌楼、廊桥，顺门而进，右边是法海和尚裴文德亲手栽下的一棵千年银杏树。我们刚走到银杏树旁，天空又飘起来蒙蒙细雨，有同伴开玩笑说："谁说法海不懂爱，我看他蛮懂味，见大家来了，降雨为大家祛暑呢！"

　　寺内有禅堂、祖殿、左右配殿、辅殿等，正殿四壁所嵌12988尊鎏金佛像，为世界佛寺之奇观，故称"万佛殿"，传言该寺众多佛像中，有一尊系金佛，凡人很难看出。据说1917年，青年毛泽东与萧子升曾"游学"到此，毛泽东"惊天一指"认出金佛。由此也可以看出，伟人毛泽东确实有非凡的智慧和眼光。

　　从密印寺出来，暮色四合，我们在离寺不远的镇上找家酒店住下，老板为大家端上可口的擂茶，大家边喝茶边聊天，不知不觉已是深夜，身体竟然感觉有点凉，这让我想起杨万里《夏夜追凉》的那首诗："竹深树密虫鸣处，时有微凉不是风"。

山坡下,一条潺潺小溪绕着农庄缓缓流淌,院子里,满架的葫芦瓜长得正好,走在瓜架下,阳光斑斑驳驳的漏了进来,照得葫芦瓜熠熠生辉。

阿东的长发

阿东在所谓的新生代里是最典型的"飘一代"了，他18岁那年参加高考没能考上大学，就悲壮地从家乡的蒙古包里出发，怀着打捞梦想、拼搏世界的想法一路飘到了北京。

然而，要在北京混出名堂来，除了运气外，还得有和北京高楼一样"高耸"的学历和学识，可阿东除了拥有草原一样一望无际的宽广的胸怀外，就没别的什么"高"的东西阻挡人家的视线了。

于是，离开北京后，又飘到上海、广州、云南等地，最后辗转来到长沙，凭着既快又好地能给汽车做发泡的功夫，被我们领导一眼看中，进了我们的公司，从此结束了飘的经历。可他总对我说，他现在仍是飘在长沙。

阿东不是那种前卫男孩，衣服穿得有板有眼，生活过得艰苦朴素，工作也是一丝不苟、兢兢业业，可就是这样一个大家都公认为斯文厚道的男孩，却有一头很让人费解的长发。说得艺术点，那是一头刘欢式的艺术家的头发，说得不好听点，就是街上痞子式的头发。

有一次，这些话让一位抓思想政治工作的领导听到了，该领导就客气地把他请到办公室里，婉转劝他，说头发长了会影响工作，特别是在我们机械行业，万一长发被机器卷进去了怎么办？阿东便千叩万谢地感谢领导关心，并许诺以后一定会小心之类的话后，便一路退了出来。回到车间后，阿东果真如很多女同事一样，把他那长长的头发盘在工作帽里，这样一来就引来了更多的人笑话。

后来我请他到单身宿舍吃饭，特意熬了一大锅鱼汤以改善他经常吃食堂的伙食，饭菜搞好后，为了不让他这个大胖子太热，我让他坐在风扇旁，可谁知他那"飘逸"的长发总时不时地飞进汤里想吸收点营养，害得我那餐饭就不敢再动那个

我的头发每长长一点,就是我对家乡和亲人的思念多了一点,我没有别的方法,我只能以这种方式表达我对家乡和亲人的思念。

可怜的汤。

　　为了报没喝到汤的"一箭之仇",饭后我把他骗到理发店,谁知他屁股还没挨上凳子,就一下子反弹起来,朝店外跑去,弄得理发师半晌没回过神来,我生气地追上去,问:"你留这么长的头发什么意思?人不人鬼不鬼的。"

　　他被我的话弄懵了,好像受了天大的委屈似地垂着眼睑说:"你不知道,我何尝不想把头发理掉,只是像我这样一个到处流浪的人,无时无刻不在思念着家乡和亲人。我的头发每长长一点,就是我对家乡和亲人的思念多了一点,我没有别的方法,我只能以这种方式表达我对家乡和亲人的思念。我希望你们还能忍耐我这个小小的缺点一段时间,今年过年我将回内蒙古,将在家乡理掉我思念的长发,明年来到这里的我一定会是一个崭新的我。"

　　听完他的话,我这个久未归家混得也不太开心的游子,眼睛里已溢满家乡湖泊咸咸的液体。

香樟青翠金鹗山

接近不惑之年，忽然感觉身体重要，可年轻时又没养成锻炼身体的好习惯，什么篮球、足球，吸引不了我的眼球，街舞、广场舞，腰杆不会舞，长跑、短跑，腿脚不愿跑。因此，闲暇时光，无处消遣，就爱去金鹗山公园爬山，不为别的，就为那清新湿润的空气和满山翠绿的香樟树。

清晨，哼一曲小调，顺金鹗山东门入林，满山樟树散发出幽幽的香味，如入芝兰之室，沁人心脾。风儿吹过，樟叶婆娑起舞，阳光斑驳落地，鸟儿扑棱起飞。上坡下坡，景色各异，快跑慢跑，心情愉悦。从北门出来时，全身上下仿佛洗了一次细胞浴，头脑清醒，体格轻松，精神也如吸饱了氧气的细胞一样格外饱满。

傍晚，在食堂吃过晚餐，沿金鹗山北门往南走，无人陪同时，一个人漫山遍野地游走，也漫无边际的乱想。这时，最宜把一天所做的事情，如老牛反刍般回忆一遍。扪心自问，哪些该提高，哪些该坚持，哪些是被人误解，哪些是误解别人；有怨气，对着山顶大吼几声；有喜事，对着樟树赞美几句。有同伴时，几人依山而行，或寻亭而坐，谈理想，说工作，聊家常，不需要主题，不需要逻辑，无所顾忌，无所不及，说到动情时，眼角要是湿润了，也可趁这暮色掩盖，悄悄擦去。

去年，同学谭君来岳阳游玩，陪我在金鹗山上走了两圈后，竟然生出在岳阳找份工作的念头，不愿回湘西教书了。后来，还是学校的校长亲自打电话，他的荒唐想法才算终结。临走时，谭君与文昌阁、金鹗书院、玉佛寺、望岳亭、孔圣像、景明楼、奎星阁等大小景点，一一合影留念，就连周瑜墓和动物园这样略带晦气和小孩气的地方都没放过。走出动物园时，看到谭君落寞的身影，听到动物园里老虎低沉吼叫声，我在想，是不是每个人的心里都装着一只困兽，永远都逃离不了那道世俗的藩篱？

回到湘西后,谭君将他在金鹗山上的照片晒在QQ空间里,看着站在亭台楼阁前的谭君,在樟树的簇拥下显得格外精神,我忽然想起三毛的那句话,"如果有来生,要做一棵树,站成永恒。没有悲欢的姿势,一半在尘土里安详,一半在风里飞扬;一半洒落荫凉,一半沐浴阳光。非常沉默、非常骄傲。从不依靠、从不寻找。"

忽然想起三毛的那句话，"如果有来生，要做一棵树，站成永恒。没有悲欢的姿势，一半在尘土里安详，一半在风里飞扬；一半洒落荫凉，一半沐浴阳光。非常沉默、非常骄傲。从不依靠、从不寻找。"

杨树塘的舌尖记忆

离开杨树塘的出租屋已经好些年了，可我还是经常回忆起杨树塘的美食留在舌尖上的那种特殊的味道。

八年前，公司刚搬到岳阳时，我们这些员工要做的第一件事就是租房子。

杨树塘是离公司最近的一个小区，一排排灰黑的老式建筑，三教九流混杂在一起，又无无物业保障，很多同事只能望而却步，望"近"兴叹，纷纷去了其他高端大气上档次的小区。

而我是一个懒惰随性的人，不愿意走太远的路。几乎没怎么花工夫，就在杨树塘租到便宜舒适的房子。

刚住进杨树塘的时候，是在夏天。杨树塘的夜晚，仿佛一口装满水的锅子，华灯初上后，夜宵摊上的酒精和美食先把这口锅底点燃，然后食客们一浪高过一浪的喧哗，似添柴加火般把这口锅子煮沸。夜晚躺在床上，仿佛躺在一口人声鼎沸的锅里，你的思维不可能安静下来，只能随食客们的喧嚣一起翻滚。

有天夜里，实在受不了这份喧嚣和嘈杂，没有夜宵习惯的我，破例叫上几个朋友到楼下去喝酒。

走到楼下一看，白天绿树成荫的杨树塘，此刻已经灯光璀璨。绿树下、房屋里全是一排排的桌椅板凳，一群群满面红光的男男女女如游鱼般穿梭往来于桌椅板凳间。我们随便找了个位置，点了杨树塘最出名的油焖虾、卤猪蹄等。

老板是个精明能干的中年人，圆圆的脸、肥胖的身躯，脸上总挂着弥勒佛般的笑容。见我们是生面孔，就热情地上来为我们讲解油焖大虾的制作工艺以及怎样保证食材的新鲜和安全等知识，顺带推销他店里的酒水。我发现，热情是个"核武器"，很容易就摧毁了我们一干人等心理防线。那天晚上，我们几个人吃了三大盆

走到楼下一看，白天绿树成荫的杨树塘，此刻已经灯光璀璨。绿树下、房屋里全是一排排的桌椅板凳，一群群满面红光的男男女女如游鱼般穿梭往来于桌椅板凳间。

油焖虾，几盘子卤猪蹄以及喝了两箱啤酒。醉意朦胧地回到出租屋里，竟然一觉睡到大天亮。

也就是从那时起，杨树塘的油焖虾就隔三岔五地出现我的生活里。

后来，冬天来了，过了吃虾的季节，我想食客们应该纷纷撤退，躲在家里"猫冬"了吧，没想到食客们竟然吃出了另外一种境界，到杨树塘来喝汤！汤馆就在我的楼下，一年四季有固定的客源，中午下班回来，常常看见冬日暖阳里，一群悠闲的老头老太，在庭院里支上几把桌椅，边喝几口砂锅煨汤，边打几把纸牌麻将，晒太阳聊天，满脸的满足与安详。

闻着那悠长的香味，我经常会主动放弃食堂的饭菜，带上一钵汤上楼，美美喝上一顿，再小憩一会儿后上班，那感觉神清气爽，整个下午都觉得精力充沛！

一树紫薇满街香

对于小吃，我曾流连过长沙的坡子街，徜徉过武汉的户部巷，溜达过郑州的二七广场，也在北京的簋街饕餮过，不过细细回想，我最爱的还是岳阳的汴河街。

我爱汴河街不是因为它的东西比别的地方好吃，我爱它的原因很简单，汴河街上有一棵千年紫薇树。

夕阳西下时分，卸下一天的疲惫，邀三五知己，从南岳坡广场拾级而上，穿过瞻岳门，踏进那条充满明清古韵的老街，人仿佛穿越一般，似乎回到了那个"春和景明""政通人和"的朝代。

沿青石板路徐徐走过，两侧的客栈酒家茶社、戏台楼阁，雕龙画凤，白墙青瓦，古朴典雅。大概100米光景，你会看到一座飞檐楼阁，那就是岳舞台，岳舞台的旁边就是那棵千年紫薇。再往前走200米，就是岳阳楼的门口了。

去年夏天，好友强来到岳阳，在欣赏完水天一色的八百里洞庭和风月无边的岳阳楼后，强说想吃岳阳特色美食，于是我们来到了汴河街。

从瞻岳门前的第一家小吃店开始，我们一家一家地挨着吃过去，什么平江火焙鱼、时丰大糍粑、长寿五香酱干、麻辣野鸭、汨罗粽子、腊味合蒸、虾饼等等，我们都一一尝了个遍。

最后我们俩都撑得走不动了，倚靠在紫薇树旁，闻着紫薇花淡淡的香味，心里舒畅极了。紫薇花的香不像十里飘香的桂花一样芬芳馥郁，也不像茉莉花一样清新淡雅，它的香是那样的特别，就像这条老街，回味悠长。

我走到岳舞台旁的椅子上坐下来，看着紫薇树和强。紫薇树那虬曲苍劲的树干洁白而光滑，与新长褐色的树枝形成鲜明的对比。紫薇花美得让人心醉，一朵挨着一朵，一簇簇，一丛丛，花团锦簇，开得热烈而奔放。在夏日的万绿丛中，像天边的一道彩虹，像空中的一朵云霞，显得艳丽而耀眼，真是"盛夏绿遮眼，此花红满堂"。我赶紧用手机给强拍了一张照片，有蓝天白云做映衬，有青石板路古街做背景，紫薇树神采奕奕，强满面红光。

看着照片，打着饱嗝，强竟然说出了一句让人啼笑皆非的顺口溜："不羡鸳鸯不羡仙，唯愿汴河街里吃个遍；人间鲜花千万种，独爱紫薇一点红。"

不过，这句顺口溜似乎说出了我的心声！

我曾流连过长沙的坡子街,徜徉过武汉的户部巷,溜达过郑州的二七广场,也在北京的簋街饕餮过,不过细细回想,我最爱的还是岳阳的汴河街。

南岛小·夜曲

刚搬到岳阳时,经常听到岳阳人把南湖宾馆叫作南岛,我当时不明白,心想岳阳人真怪,明明是一个灯火辉煌、车水马龙的四星级酒店,偏偏被他们叫成了一座孤苦伶仃、人迹罕至的荒岛。后来,无意间和在南湖宾馆工作的小徐成了朋友,她告诉我,南湖宾馆建在南湖的天灯嘴半岛上,当地人都把天灯嘴半岛作南岛,所以南湖宾馆自然也叫南岛了。

去年夏天,集团公司几位领导来公司检查工作,下榻在南湖宾馆。晚餐后,陪几位客人环湖散步,记得当时清风习习,余霞满天,一汪碧绿的湖水在夕阳的映照下,波光粼粼,流金溢彩,远处龟山青色如黛,近处白鹭浅飞嬉戏,一株株高大的棕榈树摇曳多姿。走到高尔夫球场时,几位领导竟然放下了白天的矜持,一头扑进绿茵之中,打几个滚,翻两个跟斗,捉一下迷藏,脸上全是灿烂纯真的笑容。

晚上八时许,环湖的灯光忽然亮了起来,整个湖面灯光璀璨,音乐响起,湖边的音乐喷泉喷薄而出,高高低低,起起伏伏,造型各异,形态万千,三三两两的人群在广场上跳起了整齐的广场舞,幸福洋溢在脸上,愉悦表现在舞中。

沿湖继续往前,来到一个拐弯处,没想到一位卖冰的老板竟然在拐弯处辟出一块空地,空地上放着露天电影,银幕前随意地支着十几张桌椅,人们惬意地坐在椅子上,喝着冷饮,吹着湖风,然后欣赏着这免费的电影。

我们走到这里时,也不愿再走,随意要瓶冰镇汽水,坐在椅子上谈天说地起来。不知何时,露天电影变成了露天卡拉OK,两块钱点一首歌,会唱的,不会唱的,个个争先恐后,好听的,不好听的,同样掌声如潮,因为在这里,大家都是来放松的,唱得好,大家真心为你鼓掌,唱得不好,大家替你捧个人场。

当我讲完南岛宾馆的由来后,一位北京来的女领导直接要求老板插播一首《绿

记得当时清风习习，余霞满天，一汪碧绿的湖水在夕阳的映照下，波光粼粼，流金溢彩，远处龟山青色如黛，近处白鹭浅飞嬉戏，一株株高大的棕榈树摇曳多姿。

岛小夜曲》，没想到女领导很会唱歌，而且还将歌词根据现场的情况做了改动，听着她优美的歌声，我仿佛也随着歌声一同进入那美妙的意境：

　　这南岛像一只船，在月夜里摇呀摇，朋友啊，你们也在我的心海里飘呀飘，让我的歌声随那微风，吹开你们的窗棂，让我的衷情随那湖水，不断地向你倾诉……

卡布奇诺的生活

2009年刚到岳阳的时候，听说一个很诗意、很小资的楼盘在开盘，名字叫卡布奇诺。也许因为以前总爱在咖啡馆里喝卡布奇诺的缘故吧，认为能在这样充满诗意的小区里生活一定是够浪漫、够惬意的，因此，本来就没几个闲钱的我，搜尽身上的最后一个铜板后，又在银行举债买下了一套高层小宅。

2011年夏天装修入住后，我才发现，广告很丰满、楼盘很骨感，生活并不是想象的那样美好。小区的绿树成荫不见了，苗圃鲜花没有了，音乐喷泉不喷了，就连尽收眼底的南湖和龟山岛这样的湖光山色也被更高的楼层阻隔了，这一切的一切就像鱼香肉丝里根本没有鱼肉、蚂蚁上树里没有蚂蚁、老婆饼里没有老婆、夫妻肺片里没有夫妻一样，卡布奇诺里根本没有咖啡和浪漫。

就在我眉毛不是眉毛眼睛不是眼睛地对小区一切都失望透顶的时候，一个朋友的到访改变了我对小区的看法。朋友是外地来的，一个典型的靠拍摄讨生活的"驴友"，在我陪他逛完岳阳楼、君山岛后，他说："你不用管我了，我在你家小住几天就走。"正好我这段时间忙，加上他这种拍摄工作除了光线、构图、技巧等外，有个时候也靠灵感的，我担心我在他身旁反而影响了他的发挥，于是交了片钥匙给他后也就没怎么管他了。

几天后，他要走了，执意请我吃顿饭，我说那就在我家楼下吧，于是我们坐在楼下的一个烧烤店边聊边喝，不知怎么就聊到了卡布奇诺上，他说："你真有眼光，选了这么诗意的一个小区。"我说："你不是埋汰我吧，我到现在还在为这事烦恼呢。"他说："怎么会？这么好的小区你还不满意？真是太挑剔了。你想想，小区边上是重点中学，早上有悠扬的校园广播把你叫醒，让你每天都能感受到菁菁校园的青春年华，金鹗路和南湖大道上的鲜花天天铺满你上下班回家的路，小区虽然不大，但也雅致舒适，绿化不多但恰到好处，地面干净整洁，房间错落有致，采光通透，物业齐全，出门就是小吃一条街，有着浓烈的生活市井气息，进屋躺在床上还能看见湖光山色又能满足你！"

　　说完，他从背后的包里拿出电脑，打开一些图片给我看，"这是我这几天在你们小区附近拍的片子，可以吧？看看这张南湖暮色，我是坐在你家的飘窗上拍的；这张小孩在小区吹泡泡的照片，很生活吧，我取名叫童趣；这张坚守岗位的保安叔叔拍出了责任感了吧，这张……"，一边听朋友介绍拍摄过程，一边看着那一张张构图新颖，生活气息浓郁的图片，我真不敢相信这就是我经常抱怨的小区。

　　我无言以对，只能歉意地对他笑笑，因为我知道，我的抱怨应验了一句话：其实世界上到处都有美好和浪漫，我们缺的只是一双善于发现它的眼睛！

小区的绿树成荫不见了，苗圃鲜花没有了，音乐喷泉不喷了，就连尽收眼底的南湖和龟山岛这样的湖光山色也被更高的楼层阻隔了。

清江一曲抱村流

从盘石洲回来后，我一直在想，老天一定是个精巧的匠人，她用汨罗江水这个温柔的砂轮，将盘石洲这块"原石"悄悄打磨成一块精致圆润的玉盘，却不慎遗失在平江这块神奇的土地上。

犹记得那个正午，沿着江岸码头的石阶一路前行，艳阳高照，微风吹过，薄雾飘浮。汨罗江上帆影点点，水色山影，一望无际。归来的渔人，哼着悠长的号子，在江中打捞着幸福和安宁，鱼篓里跳动着一条条肥壮的鱼儿，恰如他们欢蹦乱跳的心情。几位浣衣的女子，吸足了河的灵韵，弯腰在河边，濯洗一件件艳丽的衣服，如在漂洗一片片从天边剪裁下来的云彩，低眉笑靥里，全是美好的向往。偶尔能看见一群群无忧无虑的水鸭子，成双成对，在水面惬意地游过。

踏着青石板路直奔山顶，凭栏远眺，盘石洲仿佛天外飞碟，青山绿水、村庄田野全都镶嵌在飞碟上，汨罗江如一条白练盘旋，盘石洲则云烟氤氲，大有杜甫笔下的"清江一曲抱村流"的意象。而那些古朴的屋舍沿山脚和河湾排列开来，鸡鸣狗吠相闻，偶尔有炊烟缥缈，仿若人间仙境。

傍晚，在盘石洲沿江走上一程，道路两旁，古树参天、草木葱茏、野花含羞，走着走着，心花就会迎风怒放。这时候，掬一捧冰凉清澈的汨罗江水洗一把脸，再找一棵树随意地靠一靠，忽然想起三毛那句颇有禅意的话："如果有来生，要做一棵树，站成永恒。没有悲欢的姿势，一半在尘土里安详，一半在风里飞扬；一半洒落荫凉，一半沐浴阳光。非常沉默、非常骄傲。从不依靠、从不寻找。"

绕洲的河水，仿佛青山上滴下来的一抹翠绿，澄澈、温润、清凉。沿江而行，累了，跳入水中，让躁热和烦恼都随水西去。暮色降临后，找三五知己，泛一叶轻舟，煮一壶香茗，温一杯米酒，倚靠在舟窗，边喝边聊天，顺水行舟，不知是船在

茶至微醺，酒至半酣，两岸青山，如母亲那双温柔的臂膀，拥着你进入甜美的梦乡。

走,还是水在流;不知是洲在转,还是人在游,一种飘然欲仙之感油然而生。

　　夜深了,也懒得下船,就宿在舟上,枕一弯汨罗江水,看一夜满天星光,享受那难得的远离尘嚣的静谧。茶至微醺,酒至半酣,两岸青山,如母亲那双温柔的臂膀,拥着你进入甜美的梦乡。月亮不知何时轻手轻脚地出来了,鱼儿时而雀跃而出,又猛然扎入江中,搅得月光一片碎乱。披衣起来一看,月亮的清辉清清朗朗地将盘石洲温柔地包裹。

　　那一夜,在盘石洲,我终于邂逅了汨罗江这一湾绕指柔的江水。

家乡的金银花，你好吗

清晨，拉开通往阳台的玻璃门，浓郁的芳香扑鼻而来，我深深地吸了一口气，心说：我的金银花开了，不知家乡的金银花可好？

阳台上两株手腕粗的金银花，是我前两年从老家移栽过来的。没想到，两三年工夫，藤走蔓爬，恣意生长，竟形成了两面绿色的墙。一眼望去，青藤翠蔓，葱茏蓬勃。藤蔓之上，开满黄白相间的花朵，鲜艳灿烂，朴素大方。俯身细看，含苞的花骨朵像一个细长的绿色香囊，白色的花蕊则像一根根倒扣的大头针，风儿吹过，大头针轻轻一划，薄薄的花萼被划开，香气漏了出来，随风飘散。

说到这两株金银花，就不得不提一下我的老家——隆回。隆回素有金银花之乡的美称，金银花产量占全国的半壁江山。记得以前，每到夏天，我们村家家户户都住着从怀化、贵州等地过来的摘花阿姨，她们在女主人的带领下，头戴斗笠，肩背竹篓，穿着各色服饰穿梭往来于金银花海之中，她们面带笑容、熟练地将含苞欲放的金银花摘下放入背篓。她们用各种方言交流，说道高兴处，心会像花朵般怦然绽放，张口就来一曲山歌，惹得蝶儿翩跹，鸟儿欢鸣。男人们则将一担担的金银花苞挑到自己家里，蒸煮、晾晒，忙得不亦乐乎。小孩子一会儿跑到家里给做饭菜的爷爷奶奶打下手，一会儿跑上山去给摘花阿姨送茶饭，就像一群山狍子，快乐地穿梭在山野与村庄之间，碰到了从山上冲下来的挑夫，也不知让路，只知露出几颗牙咧笑。

然而，这一切却因2010年的一场指鹿为马的"山银花更名事件"而改变，曾经的"致富花"成了烂在山谷无人问津的"伤心花"。

金银花价格跳水般一落千丈后，年迈的父亲和乡亲们一样，再也无心照看那种在山坳中的十几亩金银花了。前年盛夏回家，看见满坡满坡的金银花在山坳中喧闹盛开、却在风雨中寂寞凋谢后，我心中甚是惆怅。

父亲见我伤感，就说："你要是喜欢，就挖两株回城里养着吧，俗话说得好，'家有两盆金银花，夏日炎炎不用怕。牡丹仙子曾中暑，金花仙子医好她。'金银花不仅漂亮，还有清热解毒通经活络的功效，自己摘点花儿晒干，上火的时候喝上几杯花茶，也免得你去药店买药了。"于是，在父亲的指导下，掘土刨根，修枝打叶，挖了两株手腕粗的金银花回城里，用两个大花盆养在阳台上。

前些天，听说2015年版《中国药典》为山银花正名，支持山银花与金银花通用。这让我想起曾国藩的更名，由于恩师穆彰阿的一次赐名，更名后的曾国藩（原名曾子城）立即改变了命运，从此官运亨通、飞黄腾达起来，我也希望家乡的金银花正名后能像曾国藩一样幸运，花价一路飙升，好让花农过上舒坦的日子。

摘花阿姨，在女主人的带领下，头戴斗笠，肩背竹篓，穿着各色服饰穿梭往来于金银花海之中，她们用各种方言交流，说道高兴处，心会像花朵般怦然绽放。

老桑树下的清凉时光

步入中年，生活模式逐渐固化，晚餐不再热衷于大呼小叫喊一帮朋友"大口吃肉、大碗喝酒"，而是习惯一家人坐在一起，轻松自在地谈天说地，即使粗茶淡饭，也觉得齿颊留香。

饭后最美莫过于陪老婆小孩出去散个把小时步，归来洗个热水澡，然后窝在沙发里，边看电视边吃水果，水果不图贵贱只图新鲜，大众时令水果尤佳，冬天如苹果、香蕉、梨，夏天如西瓜、桃子、李。

今天散步归来，老婆将一盘桑葚送到我面前，一颗颗饱满多汁的桑葚，在晶莹洁白的瓷盘衬托下，散发出诱人的紫色光泽。我随手捻了几颗放入口中，酸甜的汁液"砰"的一声将沉睡已久的味蕾瞬间激活，闭上眼睛细细品味，花香、阳光、雨露，大自然的味道在嘴里慢慢散发开来，忽然间让我回到了儿时趴在老桑树上吃桑葚的时光。

儿时，我家住在一个叫"印竹"的小山村里，屋后是青翠蓊郁的雪峰山余脉，春有山花冬有雪，屋前一口小池塘，夏赏荷花秋赏菊。老屋是一座土砖房，里里外外共六间房子，平平整整地围在一个小院内。院子的后面是一块菜地，菜地与山林连接处，用石头垒起一垛矮矮的墙，夏天爬满了牵牛花，素白、湖蓝、绛紫、粉红的喇叭形花朵在晨风中摇摆，晨露很重，蜂蝶未醒，连日头都在沉睡，只有花儿自由绽放。

院的西南角有两间半土坯房，养猪、养牛、堆放柴火。墙外一棵老桑树，就在离家不远的马路旁，斜斜地伸向屋前的池塘。桑树很老也很粗壮，双手刚好能合环抱住，父亲说桑树是1953年建房子时爷爷亲手栽下的。桑树的左侧是一丘田，六分见方，父亲在田里种了西瓜。父亲小学毕业，能识文断句，他喜欢订一些关于农

我家住在一个叫"印竹"的小山村里,屋后是青翠蓊郁的雪峰山余脉,春有山花冬有雪,屋前一口小池塘,夏赏荷花秋赏菊。

村经济作物种植的报纸杂志，因此他种的西瓜、百合、甘蔗、柑橘总比别人个大味美。

儿时的夏天，我要做一件很重要的事情，那就是卖西瓜。每天早餐后，父母亲到田里摘上一担西瓜，挑到老桑树下，我就守在老桑树下"卖"西瓜。所谓卖，就是在箩筐旁放一杆公斤称，有人来买西瓜，自己去箩筐里挑选，然后抱到公斤称去称，那时，我虽然能算清百以内的加减法，但乘除法还不会，我报单价，来买西瓜的人算好钱后交给我，根本不用担心他会欺负你是个小孩。我大部分的时光都在老桑树上睡觉，有时都懒得下树收钱，买西瓜的人也不嚷嚷，称好西瓜后将钱扔在箩筐里，可钱却从没少过。

那时候老桑树是我的乐园，父母亲出工后，我拿一根条凳垫脚，用力攀爬上去，斜躺在树杈上，有时还会故意抱着树杈摇晃，那种颤颤悠悠上下摇晃的感觉，仿佛坐旋转木马般惬意。

桑树叶阔，盛夏的阳光根本穿不透层层叠叠的桑叶，因此，躺在桑树上没有夏日的灼热，倒是清凉满身。等桑叶长到巴掌般大时，桑葚也差不多成熟了，或紫或红，酸甜可口，我那时就像孙悟空进了蟠桃园，左手抓一把，右手擎一捧，扔到嘴里，嚼一口，吸掉汁液，吐掉，待下午下树揽镜一照，双手和嘴巴全被桑葚染成了紫色，活脱脱一个"紫色妖姬"。

每年，等把老桑树上的桑葚全吃完，炎炎夏天就已经远去了。

第四辑

趣·希望

一株种在窗前,一株种在心田。
窗前沐浴风雨,心田涤荡狂癫。

莫嫌无聊生涯,没事种种兰花。
如有闲时余暇,练练琴棋书画。

都是方言惹的祸

有句玩笑话叫"天不怕、地不怕，就怕某某人讲普通话。"

这倒不是故意要笑话这些人，而是因为普通话讲得不好，会造成了沟通上的不畅，甚至闹出笑话的事情比比皆是。

记得有一次，集团的领导来我们公司视察，领导轻车简从，除了带上我以外，没有叫其他人。我陪领导视察完工程的进展情况后，他忽然想去工程所在地的村里转转，没办法，我只好叫来村支书一路陪同。

村支书是个地地道道的湘北人，人非常热情，对我们的项目也非常了解和赞同。一路上，村支书特别兴奋，带领导走东家串西家，沿途不断给领导介绍项目引进后本村的可喜变化。可领导一句也没听懂，就低声问我，我告诉领导，村支书在讲他们村的可喜变化呢。村支书一听，更来劲了，说："领导，你不知道，我们这里曾经是一片癌（岩）巴，寸草不生，你们的项目来了后，给大家带来了商机和希望。"领导茫然地看着我，说："癌巴是啥东西？"我也是头一次听说，也不知道，只能摇摇头。村支书一听急了，急匆匆地跑到马路边捡了块大石头举在手上，对着领导不断挥舞。领导以为自己犯了忌讳，吓得直往后退，村支书继续"逼"近，领导拔腿就跑，村支书在后面边追边喘气地喊："领导，这就是癌巴呀！"

当时笑得我眼泪都流出来了。

如果说村支书是因为久居山中再加上学识不高，普通话讲得不好情有可原的话，那么我们的高中校长给我们讲的高考励志誓言，就更加让人啼笑皆非了。这个笑话虽然过去了20多年，每每想起，都会让我会心一笑。

记得那年高考临近，校长破例在早间操时间给大家讲励志故事，他讲的励志故事大家一个都没听懂，倒是后面的总结陈词让所有的同学记忆犹新，他说："同学们，无数的事例证明，我们应该有'碗'大的理想，'钵'大的胸怀，我们的前途才会'无线关门'！"校长在台上慷慨激昂，同学们在台下笑倒一地。尽管大家都知道校长所要表达的意思是"我们要有远大的理想、博大的胸怀，我们的前途才会无限光明！"，但还是有些胆大的同学，每次到食堂吃饭时，看到校长就会敲着饭碗喊："我们应有碗大的理想，钵大的胸怀！"校长自然难堪之极，那年的毕业合影，所有的任课老师和学校领导都来了，唯独校长没来，可能是与这段笑话有关吧！

校长毕竟是老校长，普通话没经过训练，闹个笑话也不足为奇，最搞笑的是我的一个高中同学，一个字没讲好，留下终身笑柄。

记得高一时，我们班一个男同学喜欢上了一个女同学，男同学就给女同学写情书，谁知女同学不但不接受，还当着老师和全班同学的面，揭发了男同学，男同学当时羞得眼泪汪汪地对女同学说："你、你、你……你欺骗我纯真的'简'情！"班上顿时哄堂大笑。因为在我们老家，加减乘除的"减"，简单的"简"、鉴定的"鉴"等字都统一念 gan（三声），男同学来自大山里，刚学着讲普通话，被女同学这么一激，想当然就把感情的"感"说成了"简"字了。

现在，每次中学同学聚会，喝着喝着酒就会来一句："你欺骗我纯真的'简'情呢！"

朋友是个奇葩男

在别人眼里，刚哥是个不可多得的极品男人，名牌大学博士毕业，儒雅帅气，某央企正处级领导，事业有成。可在我们几个朋友眼里，他却是一个不折不扣的奇葩男。

去年春天，集团派人来湖南检查，刚哥负责接待，车过洞庭大桥后，北京来的领导看见洞庭湖边绿油油的芦苇地，好奇地问刚哥："那是麦子地吧？"刚哥满口答应："是的，是的。"头点得像鸡啄米，并添油加醋地说当地的农民是如何勤劳，千辛万苦围湖造田才搞出这么一大片麦地，说得京城来的领导来了兴致，把车直接开到芦苇地去了。

刚哥一看坏了事，拿着眼镜就往芦苇地上摔，领导问他是怎么回事？他面露羞涩地说："我的眼镜跌在麦子地里了。"领导知道刚哥的尴尬，哈哈一笑，不再追问是芦苇还是麦子。

还有一次在食堂，厨师明明给大家熬的是冬瓜排骨汤，刚哥来得晚，食堂里没剩几个菜了，刚哥拿起勺子舀了一碗冬瓜汤，咕咚几声喝个精光，然后惊呼一声："啊，今天的萝卜汤真好喝！"，全食堂的人齐刷刷地看着他，有的人笑得喷饭，有的人笑得肠胃不适，刚哥则若无其事，补了一句经典台词："这没煮熟的冬瓜和萝卜还真相似，都是白白的、脆脆的。"于是，刚哥就此出名，有喊他白经理的，有喊他脆经理的，还有喊他白脆经理的，至于他的本名则被忽略了。

去年冬天，公司财务部部长从集团"空降"过来，机场迎接的时候，刚哥听说这位领导姓毛，在集团海外部干过几年，去过很多国家。刚哥想卖弄一下自己的英语水平，一见面，竟用英语对起话来，全然不顾其他同事的感受，一同前来迎接的李总看不过去，便打断他们的交谈，介绍其他迎接人员。"毛部长，这位是……"

刚哥立马抢过话说:"李总,你这是不尊重人家的语言习惯,在中国喊毛部长,在国外,应该喊'不长毛'。"全体接机人员一阵哄笑,毛部长还没到公司,"不长毛"就在公司流传开了。

2014年元宵节恰逢情人节,又是星期五,哥几个都是成家多年的老帅哥了,没有那么多的浪漫,于是有人就提议,难得的周末好时光,不如大家晚上相聚一下,不醉不归。

我和刚哥顺道,下班后,我打的到小区门口等他,刚好碰到他下班回家,手里还拿着一束花,包装极其华丽。他看到我,神秘地对我说:"等一下,我回趟家,立马出来。"

我惊讶:"你啥时候变得这么浪漫了?"他把花给我看了一眼,笑得我差点岔过气去,原来里面包的是一大坨西兰花。

刚哥不笑,他说:"既是花,又是菜。老两口,既浪漫,又实惠。何乐而不为?"

我无语,只在心里嘿嘿一声:"你还真是个奇葩男呢!"

采访的背景

到北京出差，仿佛穷秀才撞见了聊斋！

那天从国家某部委家属院看望老乡出来，刚走到社区门口，就被一美女缠上，说要采访我，我怕是个讹人的圈套，边走边拒绝。

那美女亮出记者证，说："大哥，我真的是×电视台的记者，采访的内容很简单，就几句话，我采访完就可以回电视台交差了，你就接受采访吧！"我仔细打量了她一番，高高的个子，白皙的皮肤，俊俏的五官，一身单薄却很时髦的职业装在深冬的北京显得美丽"冻"人。

看她一脸真诚，我就问她："你要采访什么内容？"美女见我答应了，兴高采烈地把候在小区旁的摄像编导喊了过来。"就四句话，第一句，你听说过吴彦祖吗？第二句你知道他是干什么的吗？第三句你认为他的外形怎样？第四句你是否看过他新出的电影？"她神采飞扬地说着。

说实在的，我不是追星族，也不喜欢八卦，吴彦祖这个名字只在报纸电视的娱乐版块见过，知道是个演员，其他情况一无所知，我跟美女说了实情，美女就引导我说他外形如何俊朗，最近演了什么电影之类的话，我按照美女的意思战战兢兢被采访了一回。

采访结束，美女不好意思立马跟我说拜拜，就与我闲聊了一会儿，问一些是否成家、小孩多大之类的普通话题。

我忽然想起女儿最近使用的一种纸尿片，想打趣一下，就用美女采访我的方式"采访"了她一下，"你听说过'皇茵'产品吗？"美女可能没想到我会反问她，惊讶地摇了摇头，"你知道它的性能和用途不？"美女又摇了摇头，"你知道它的价格和现在的活动不？"这回美女的头摇得像拨浪鼓，我又用她教我的方式"回授"了她。

告诉她"皇茵"是我女儿最近使用的一种纸尿裤,吸收好,价格便宜。她可能听出我对她这次采访的揶揄,简单地聊了几句留下名片后匆匆离去。

晚上,回酒店看电视,我和同事特意打开×频道,果真在娱乐新闻里看到了我的"光辉形象"。我侃侃而谈,仿佛吴彦祖的铁杆粉丝,我得瑟地对同事说:"大街上那么多人不采访,为何美女记者偏偏采访我,是不是看上我了?"同事翻了翻白眼,说:"臭美吧,就你这糟老头形象,看得上你?你没看见你身后的背景画面是什么?国家××部家属院,你知道那美女为何候在那里吗?因为国家××部管着电视台呢!你的采访给观众传递的信息是××部说吴彦祖好呢!"

我忽然明白,我还是中了美女记者的圈套。

我忽然想起女儿最近使用的一种纸尿片,想打趣一下,
就用美女采访我的方式"采访"了她一下。

阿勇的烦恼

死党阿勇结婚挺早的,我还单着的时候,他已经在围城修炼成精了。

"都说现在的市场经济越搞越活,可我那老婆的'计划经济'却越管越死,以前除了早餐钱和烟钱以外,身上总会有百十来元的零花钱。现在好了,早餐在家里吃,烟早就戒了,身上的零花钱也没了。咱哥们聚会总觉得特没面子……"有一天,在我家里喝酒时,阿勇板着脸对我说,一副极苦恼的样子。

我说:"哥们,别拣了便宜还卖乖,有免费的财政部长给你投资理财,这么美的事情都被你碰上了,还唉声叹气干什么?不像我们这些单身汉,没有宏观调控,吃不准哪天断炊少粮的还得负债经营。"听我这样说,阿勇苦恼地笑笑,说:"婚姻是座围城,你不进去是不知道个中滋味的。"

其实,阿勇的老婆挺好的,温柔、漂亮、贤惠又特会持家,只是有个缺点,爱管男人的口袋。用她的话说是管住了男人的钱兜就锁住了男人的花(心)兜。

看着阿勇怅然若失的样子,我就对阿勇说:"你就不会想点法儿挣点外快,凭你以前在大学时的文学功底,给报社写点稿子每月挣它百十来元还不是小事一桩?"

"是啊,好主意!"阿勇大腿一拍,高兴得手舞足蹈起来,然后,拍着我的肩膀说:"得了稿费,咱第一个请你。"阿勇还真说到做到,打这以后,每天一下班就钻到书房里不出来。几个月后,他果真拿着稿费到我这里来了,提了酒还带了菜,害惨了我在厨房里张罗了半天才搞掂。望着一桌丰盛的酒筵,他端起酒杯说:"哥们,感谢你为我指引了一条出路,让我看到了光明和希望。来,为自由干杯!"看着他一脸激动的样子,我也激动地说:"为你的成功干杯!"

时间就这样悄悄地过了一年,当阿勇的稿件越来越多出现在市级各大报刊上

哥们,感谢你为我指引了一条出路,让我看到了光明和希望。来,为自由干杯!

时，阿勇来我这里的次数却越来越少了。前几天，我在一家国家级大报上看到了他的文章，就打电话过去祝贺他。

刚接通电话，就听见阿勇大倒苦水："哎呀，老兄，这回你可得救救我了。自从我那老婆知道我能写稿挣钱以后，她就给我下了一项硬性政策，一年保底上交一万，其余多拿多得，少拿少得，你说我该怎么办？"

看样子，阿勇的烦恼又来了。

忙人老乐

老乐似乎是最有事业心的人了,成天你就只能看到他如高速旋转的陀螺一样忙碌的身影,你要是有闲心想请他吃个饭或是打场牌什么的,那真的比登天还难。

记得有一个星期天,几个朋友聚到了一起,大家吵喝着要我把老乐喊过来玩一通宵的"三打哈",那几个朋友曾经和老乐都是在一块文学天地里奋斗过的"战友",老乐推辞不了,就乖乖地来了。可上桌没几轮,老乐的手机就催命地响,没办法,他只得让我这个从不上战场的"敌后运输部队"上前线帮他顶一阵,他则像一阵风一样一刮就走了。等到晚上两点多钟,他才像一头刚刚犁完地的老黄牛一样拖着疲惫的身躯回来。接过我的牌后,又是没几轮,他趁一个朋友上厕所的机会,伏在桌上到他的梦乡里忙碌去了,任凭你刮风下雨打雷落刀也没法把他从睡梦中拉回。

其实,老乐并不老,刚刚三十出头,可他有个世界屋脊般的不长毛发的脑袋。记得有一次参加一个笔会,那位负责赞助的企业老总一把拉住老乐的手,感慨万千地说:"老乐,像你这样上年纪的人还拥有这么年轻的心态,真的让我想到电视里的那句广告词,60岁的人、30岁的心脏,你就是典型的那种人。"说完牵着老乐的手一定要他讲出自己的养生之道,从此老乐这个名字也就在我们当中叫开了。

老乐以前也不是很忙,两年前,他还是一家大中型国有企业的宣传科长,一年到头除了给领导们写一点吹捧的通讯报道外,就是躲在自己的家里写一些阳春白雪类的文章。可后来在无情的市场经济面前,这家企业说不行就不行了,领导们都忙着给自己找出路,哪还顾得上他这个小小的宣传科长,老乐就有种不得志的愤懑和伤感,于是就大胆地跳槽去了一家新成立的文化传播公司。

那公司很小,从总经理到普通员工加起来也就12个人。可是,公司虽小,蓝图却很宏伟，用老乐的话说是"将来的广告公司唯我们马首是瞻"。他们当时代理着几家报纸杂志电视台的广告业务，由于老乐曾经在国有企业搞过宣传，对广告业务中那些"只可意会不可言传"的套路比较熟悉，没多久总经理就把他提拔为副总，让他掌管全局，并许诺只要他管得好，公司10%的股权给他。从此老乐像找准了自己的人生坐标一样，为"自己的事业"忙碌起来了。

  他带领着那10个广告人天南地北地满世界跑，几乎是日夜连轴转，累了就到办公室打个盹，饿了就随便吃个馒头或下碗光头粉。可后来老乐还是被老奸巨猾的总经理给"卖"了，就在公司蒸蒸日上的当儿，总经理忽然宣布解雇老乐，老乐气得神魂颠倒地来找我。我劝他：老乐，别不开心，中国上下五千年文明，哪个开国皇帝不杀一批同生死共患难忠心耿耿的大臣？开除你，就证明你的能力已经达到成为他心头大患的地步了，他怎能不先除之而后快呢？

  也许是我的话起了作用，这次打击并没击垮他，反而使老乐信心百倍地认识到自己的能力了。没多久，他就去了一家品牌酒的销售代理公司做策划经理，调查市场、分析市场、预测市场、跟踪市场等一大沓的事情又跟着老乐来了。看样子老乐又得忙乎起来了。

等到晚上两点多钟他才像一头刚刚犁完地的老黄牛一样
拖着疲惫的身躯回来。

光鲜的男人

到长沙工作两年后，校友阿华也分配到长沙工作，也许是以前在大学校报上发过很多文章的缘故吧，他老给我打电话，说要向我请教办公室的文书该怎么写。

我说："好家伙，我在长沙混了两三年，还是小小的职员一个，你一来就成了总经理助理了，看样子，我真得向你学习如何溜须拍马，如何讨好上司呢！"

他听出了我在调侃他，就心急火燎地说："老兄，看在校友的份上，饶了我吧，别老是拿我开涮了。上次那事我记得，只要你帮我把这件事给糊弄过去了，别说一次涮羊肉，十次也没问题。告诉你，我们老总明天就要做年终总结报告了，他老人家要得急，你知道，我这笨脑瓜子一遇到紧急事就停摆。你看这样行吗？今晚你就别出去忙乎了，我过一会带着资料来你那里，你在家等我，今晚忙完了，我请你宵夜。"

没办法，为了"朋友"这两个字，我也得在家候着。记得2001年7月份，他刚来长沙报到时，包还没放下，就马不停蹄地跑到我家来了，还特地从湘西老家给我带来许多土特产，弄得我心花怒放了好几天。谁知，那本身就是个不大不小的"阴谋"，没几天他就求上门来了，说他已经打通关节，领导把他调到公司的办公室去了，这次老主任要他写一份材料，一是想试探一下他的深浅，二是想借这个机会发现新人，以储蓄后备力量。为此，他伤透了脑筋，只得求助于我。

俗话说：拿人家的手短，吃人家的嘴软。我当然只得唯唯诺诺地答应把我的"半桶水"全倒给他，我冥思苦想，搜肠刮肚了好几天，终于把他要的材料给弄出来，他就拿着稿子食指一弹OK了。

看着他拿着稿子兴奋得轻飘飘的样子，我趁机对他说："就这么OK了事了？要知道我是熬了几个通宵才挤出这么点东西，怎么补偿？"他没想到我会将他一

他们利用我为他们表演，我则利用他们的舞台学会表演，可你是导演，再成功的明星也得围着导演转。

军，半天才回过神，说："年底我转正，请你吃涮羊肉怎么样？"

我说："只要不是羊肉没吃成，反惹一身骚，我就谢天谢地了，谁还敢指望你那不着边际的涮羊肉？"他拿着稿子信誓旦旦地说："老兄，我绝对说到做到。"

可最后这事还是黄了。原因是在他转正之际，办公室空出了一个总经理助理的位子，为了抓住这个千载难逢的机会，除了他转正时那点可怜的米米派上用场外，还从我这里拿走了三千。位子到手后，在彩云间里喝酒的那顿便宜酒菜钱也是我"稀里糊涂"掏的。不过那酒喝完，我觉得没白花，因为他酒醉时说了一句我中听的话——老兄，他们利用我为他们表演，我则利用他们的舞台学会表演，可你是导演，再成功的明星也得围着导演转。

我当然没他说的那么伟大，能够不露声色、游刃有余地导演一场没有规则的游戏，不过阿华后来到我家时，倒确实有了几分明星的派头，他开着一辆崭新的白色奥迪跑车，从头到脚都是清一色的名牌，就连腋下夹的那个公文包也是皮尔卡丹的。我想如果他在车前摆一个POSS的话，那潇洒的神情，绝不会亚于广告里身穿罗蒙西服喊着成功男人的标志的濮存昕。

他的手机老响个不停，我整理材料的思路总时不时被他那时髦的嘀嘀声所打断。熬到午夜时分，我总算把他要的东西给捣腾出来了。他执意请我去喝酒，我去了，可酒至半酣，他的手机又响了，他说是一个很有实力的副总要他去一趟，要我慢慢喝，然后就开车走了。

看着白色的跑车风一样消失在夜色里，我真的不知道我面前这桌热腾腾的酒席是否该一个人继续下去。

肖半仙

肖半仙原名肖班乾，在一个要死不活的工厂里当工人，因和我是邻居，一来二去便熟悉起来。

去过肖半仙家的人都知道他特迷信，在他家显著的位置总摆着些诸如《易经》《周公解梦》之类的书籍。他经常宣称，人的一切其实早有定数，上天安排你做穷人，不管你多努力终会一无所有，如果你是富贵命的话，不做事也能锦衣玉食荣华富贵一生。

我当然不相信他所谓的真理，不过看他那么投入地给大家讲解所谓的"玄机"，我只能佯装认真听，可每次讲完，我都会逗他一句："请问肖半仙，你是什么命？"他总是很神秘的回答："此乃天机，天机不可泄露。"

别看肖半仙的这点宿命论观点在我们身上起不了什么作用，可在他们车间却很有市场，他经常一副深不可测的样子看着周围的同事，冷不丁就告诉谁这阵子要少走夜路、少逛商场，免得破财，要是碰上谁家真有个什么大灾小难的，他就一脸轻描淡写的样子说："我早算出他这段时间会不顺。"很多无知的人就把肖半仙当神来供奉。

人怕出名猪怕壮，出了名的肖半仙自然就有人找上门来请他看手相和面相，可肖半仙轻易不给别人看相的，可我知道，有一种人是除外，那就是厂里的女职工绝对有求必应。

我去车间找过他几次，就有两次看见他在给人算命，第一次是给一个刚分来的女学生，他翻来覆去地捏着那女孩子的手，摸了又摸搓了又搓，口舌如簧地说得那女孩频频点头；第二次看见他给车间的老厂花看面相，他手托老厂花的脸，看额头看眼睛看鼻子看下巴，仔仔细细的样子就像集市上端详牲口的牛贩子。我后来跟他说："你这哪是看相？分明是在性骚扰！"他却嘿嘿地笑着说："神仙也风流嘛！"

肖半仙最大的爱好就是利用他所谓的"专业知识"研究彩票，比如今晚梦见发洪水，是财运，第二天他立马买彩票，明晚要是梦见出了血，他也会买，因为那是红运当头的征兆，可一连买了十几年也没见他中过奖。

前段时间，他梦见一组数字，就把那组数字写在他专门记录灵感的黑皮本上，正准备出门买彩票，怀化老家打来紧急电话，他把黑皮本交给了女朋友，可谁知她女朋友临时要出远差，也没帮他买彩票。

从怀化回来后，肖半仙看电视，一等奖的号码与他写在笔记本上的号码一模一样，气得他们两口子捶胸顿足号啕大哭，后来他们逢人就讲他们怎样与500万擦肩而过，可怜兮兮的样子极像鲁迅笔下的祥林嫂。

后来他们逢人就讲他们怎样与 500 万擦肩而过,可怜兮兮的样子极像鲁迅笔下的祥林嫂。

第四辑 趣·希望

"城市农民"小粒子

现在纯粹的农民越来越少了,大部分劳力都跑到城里当了"民工",过去农村那种因为滞留劳力过多而导致的"两个月插田,三个月休闲,七个月赌钱"的现象,在改革开放中一去不复返了。

不过,现在城里却流行一个词——"城市农民",就是那些拥有殊资源不用上班而又活得特别滋润的人。他们的生活状态倒真的和当时描写农村农民的生活状态有几分神似,不用"朝九晚五"地上班,"农忙"过后喝喝茶、打打牌、晒晒太阳打发时间。

我有一朋友就是"城市农民"的典型追捧者,他叫肖立志,人称"小粒子"。名牌大学毕业的他以前在一家大公司里做主管,可自从听说了"城市农民"后,就成天幻想着哪天过上"城市农民"悠闲而滋润的生活,却苦于是农村考学出身,在城里既无祖上留下的大量房产做出租,又无达官贵人"提篮子",更无"一年不开张、开张吃三年"某种特殊资源和才能,只能如我辈一样惶惶然为了口食而努力。

不过他有个特点,就是认死理,明知道自己当不成"城市农民"却偏偏往里钻。几年前我俩一起喝酒,酒至半酣,他郁闷地对我说:"上班有个鸟用,你看那些有钱又有闲的人,几个不是城市农民?哥们,你看我像城市农民不?"我说:"不像!顶多像个城市白领",他不悦地说:"还用你说,我本身就是!你说我要怎样才能做成一个'城市农民'?"我说:"很简单啊,只要你工作时吊儿郎当,然后动不动跟老板吵上一架就可以了。"他惊恐万分地说:"那不是得炒鱿鱼?"我说:"那正合你意啊,用不着朝九晚五地上班你不就成了城市农民了?""那不是'城市农民',那是城市贫民!"他见我在调侃他,就不高兴地说:"等着瞧吧,我一定会做个合格的'城市农民'的。"说罢,酒也不喝就回家了。

我以为这番调侃的话会伤害到他敏感的自尊，可没想到，过了几天，他又兴高采烈地跑到我这里来了，说他找到了一个做"城市农民"的绝好项目，我问是什么项目，他说："成立一家水电站检修公司。"他给我分析，平时水电站都要发电，检修是在枯水季节，一年只在枯水季节上班，这样既挣了钱又有时间休闲，'城市农民'的身份就可迎刃而解了。我说道理是不错，但操作性不强，一般电厂都成立了自己的检修公司，还轮得上你？可他听不进我的劝告，辞职张罗开公司去了。

几年时间过去，前两天"小粒子"突然打电话约我喝茶，看他是开宝马车来的，我以为他完全实现了有钱又有闲的"城市农民"生活，可谁知见面后他跟我诉苦："公司成立后，由于平时没出去跑业务，到了冬天再去找那些电厂，人家早就和别的公司签了合同，公司成立不到一年就倒闭了。"走投无路的他现在给一个老板当司机，他说："城市农民已经离他远去了，现在只想找份安稳的工作，养家糊口吧。"

王胖哥的梦想

王胖哥在我们单位自建的小区里算是个名人了，大家认识他倒不是因为他有多大本领，而是因为他四十几岁仍没娶到老婆。按理说，长相端正、身材高大、收入稳定的王胖哥找个老婆应该不成问题，可现实却是，娶不到老婆成了他目前最大的问题。

王胖哥年轻时也曾风流倜傥，有好多女孩子主动追求他，那时他自我感觉是八亩地里一粒谷——就我一个，因此对待女朋友就是鼻头上摆摊子——眼界宽。据小区的事儿妈讲，曾经有七八个女孩子同时爱上他，而且环肥燕瘦各有千秋。当时王胖哥感觉自己跌到了花园里，想摘这朵玫瑰却又舍不得那朵牡丹，想挖这棵杜鹃又怕那株芍药伤心，他在爱情的花园里徘徊不定、犹豫不前。时间一耗就是五六年，人家女孩子哪里经得起这样折腾，纷纷撤退嫁人了，等他收到最后一个女孩子的结婚请帖时，他才如梦初醒，后悔自己没有"该出手时就出手"。

由于王胖哥年轻时过惯了花前月下的日子，现在突然间沉寂下来，就好比蜜蜂没有了花朵，人蔫巴巴的没有了精气神，看上去与年龄完全不符，苍老憔悴得像个五六十岁的老头子。于是有人就杜撰了一个网络笑话来揶揄王胖哥，说某天王胖哥在小区门口遇到一个算命的，算命先生掐指一算，对胖哥说，你四十五岁之前没有姻缘，胖哥问，四十五岁后呢，算命先生悠悠地说了一句，四十五岁之后你就习惯了。

别人都以为王胖哥是钻石王老五，可我知道他并不是八月里的柿子——越老越红。这些年，单位效益不好，能正常发工资就很不错了，因此，王胖哥除了拥有一套房子外，口袋里真没闲钱。记得一个星期六的晚上，王胖哥躺在床上看电视，不知什么原因，肚子忽然痛了起来，豆大的汗珠在他身上直滚，他拨打了120急救电话，救护车把他接到医院做了简单的处理后，就把他扔在一旁不管了，原因是他交不起住院费。后来好不容易熬到第二天早上，医院通知了单位，单位派我和几个同事赶到医院将钱交上后，王胖哥才得以真正解脱。

因此，在经历了这么多风风雨雨之后，王胖哥最大的梦想就是娶一个贤妻良母型的女人做老婆，累了有人热饭热菜伺候，病了有人在身边嘘寒问暖。许多好心人看穿了他的这种心思，就帮他张罗着找个伴，可人家不是嫌他老就是嫌他穷，总之是苞谷面做元宵——难捏合。后来有个农村来城里卖菜的"半路嫂"（指离婚或死了丈夫的女人）愿意和他一起生活，可两人日子还没过多久，他就叭拉狗蹲墙头——硬装坐地虎，嫌弃起人家来了，那女人也自食其力惯了，招呼都没跟王胖哥打就跟他拜拜了。王胖哥又回到了以前的单身生活，继续在被窝里做着娶个贤妻良母的美梦。

在小区门口练英语的老李

"Hello！well come! nice to meet you！……"

周一下班走路回家，一路上正想着明天的工作该怎么开展，谁知走到小区门口时，被一声蹩脚的英语打断了思路，抬头一看，是我们小区的一个老头堵住了我的去路。

这老头我不知道叫什么名字，只知道他姓李，由于在小区里经常碰到，也算是熟人了。他慈眉善目、腰板笔挺、着装讲究，一看就是那种受过良好教育的退休知识分子。不过，我搬到这小区三四年了，却经常只见他一个人进进出出，形单影只从没有人陪同过。

他养了一条高大的纯白雪狼犬，前年夏天的一个晚上，我在小区里散步，忽然从黑暗中串出一个白色影子闪电般向我掠来，来不及躲闪，我就被一条雪狼犬扑了个正着。好在那条狼犬只是撒欢，并没有伤害我的意思。它伸出长长的舌头舔着我的手心，雪白的毛发油光发亮，躯干轮廓曲线优美，牵着它散步确实能给人一种无法形容的高贵感。

我蹲下身来正想逗这条雪狼犬，这时，一个老头气喘吁吁赶了过来，嘴里念叨着："小雪，你怎么跑这里来了？撵得我都喘不过气了。"语气和善得像似和自己的孙子在说话。

老头看了看我，不好意思地对我说："没吓到你吧？小雪有点调皮，但从不伤人呢！"

我说："没事，我很喜欢狗狗，这条雪狼犬长得真好看，毛发雪白光滑，你一定照顾得很好啊。"

"那是，我几乎把它当我的外孙看呢，小雪是我女儿四年前出国时送给我的，她怕我一个人在家寂寞，就送了这条雪狼犬给我打发时间。"老头说这话时，眼神里满是骄傲，可语气中又带了些许惆怅。

后来，我在小区里碰到李老时，就主动地跟他问声好，但仅限于问候，从来没有深入地交谈过。这次李老头神经叨叨地堵住了我的去路，还跟我说英语，我就跟他开玩笑说："老李，你这是说的哪国语言啊？我怎么一句都听不懂啊。"李老头不无惆怅地说："我看你平时挺有文化的，以为你会英语呢，谁知你也不会，哎，愁死我了。"

我说："人到四十不学艺，你都这个年纪了，怎么还开始学英语了？"

"你不知道，昨天，我女儿打电话回来，说今年春节将带洋女婿和小外孙回中国过年，我以前还会点英语，现在基本上都还给老师了，可我不想在我的小外孙面前丢格（丢丑的意思），就寻思得把日常用语捡起来，可我想找个会英语的人来练练嘴，都找了好几十个人了，都不会啊。"

由于我正思考着公司的事，不想和他多纠缠，就说："老李，你别急，小区里一定有人会的，你再等等，我先走了。"老李惆怅地向我挥挥手，算是和我说再见。

后来几天，我都在小区门口看到李老跟人说英语，很为他的执着所感动。这个周末，在家闲得无聊，就想起老李练英语的事，觉得我有一个朋友能够帮得上他，就把朋友叫了过来。可在小区门口左等右等就是不见老李出现，就向小区的保安打听老李的事，保安说："老李真是造孽，唯一的女儿又打电话来说，由于小外孙还小，不适应中国的气候，今年就不回来过年了，害得老李空欢喜一场，现在还躺在床上生气呢。"

听了保安的话，我和朋友的心里也有种怅然若失的感觉。

我以前还会点英语,现在基本上都还给老师了,可我不想在我的小外孙面前丢格(丢丑的意思),就寻思得把日常用语捡起来。

康师傅的儿子

这是十多年前的事了，那时我还在客车厂工作。

有一天，康师傅说他儿子明天就要来了，可能要和我挤在一块住一段时间，添点麻烦是肯定的事，他说特别是像我这样喜欢安静地写点东西的人肯定会受到很多干扰，所以提前跟我说一声，到时候希望我能原谅。

和康师傅住了两年，多少也知道他的一些情况，康师傅是邵东人，20世纪70年代末顶他老爸的职进了现在的工厂，那时他已经在农村结了婚生了崽。当时户口卡得严，举家迁往长沙是不可能的事，后来政策放开了，可他觉得买房子是一个大问题，所以和我一同住在两人一间的单身宿舍里。

康师傅的家人以前很少来长沙，但那段时间，他的家人却频频来访，据他说是自己为社会做了一辈子贡献，眼看着就要退休了，家里的一双儿女工作仍无指望，所以想在退休前帮他们找点事干，也算是尽到做父亲的责任。说这些话时，康师傅总会不无惆怅地说要是他儿子能像我一样考一个大学该多好，不用担心工作，不用靠卖苦力挣钱。

第二天一大早，我们还没起床，他儿子果真就大大咧咧地来了。可他与我想象中的来自农村的孩子完全不同，穿着笔挺的西装，蹬着锃亮的皮鞋，腰里还别着手机，在20世纪90年代，那是很有大款气派的。这与他每日与锅炉打着交道、一月才挣400来元、四季是一身工作服的老爸比起来真是一个天上一个人间。可从他第一句话就开口向他老爸要那劣质的×梅香烟我就知道，他仍是一个靠父母养活的大男人。

果然如他老爸说的那样，第一天下班回家，他就给我一个不大不小的震惊，他竟然私自打开我未曾上锁的书桌抽屉，把我的文稿翻得一塌糊涂后，一天之内就把

爷儿俩自然挺高兴，买了不少小吃带到寝室以示庆贺。我也买了3瓶啤酒以庆贺自己终于可以找到1949年的感觉了。

我放在抽屉里面待客的两包芙蓉王抽个精光，而且毫无歉意地说以为是他老爸的。后来他老爸回来后直向我道歉，反而弄得我极其不好意思。

在以后的日子里，大事不会有，小事三六九，他经常毫无禁忌地用我的香皂、涂我的摩丝、穿我的皮鞋，有时甚至用我的澡巾穿我的内裤，看在他老爸的份上我总是有苦难言。他白天在家睡觉养精蓄锐，晚上要么缠着我去舞厅教他跳舞（当然舞票之类的小消费还得靠"师傅"支付），要么把我那台收录机开得震天响，而且不听完"午夜悄悄话"绝不关机。有时为了赶写稿件，即使是如坐针毡，我也只得在这种"闹市"中静下心来写东西。他老爸见着这样子就过意不去，就对着他吼："快把它关掉，你没看到人家在写东西！"他就用白眼剜他老爸一眼，从鼻孔里哼出一句："关掉就关掉，有什么了不起。"

半个月后，康师傅终于在井湾子一带帮他儿子找到了一份做包点的活儿，包吃包住700块钱一个月，爷儿俩自然挺高兴，买了不少小吃带到寝室以示庆贺。我也买了3瓶啤酒以庆贺自己终于可以找到1949年的感觉了。待每人"吹"了一瓶啤酒后，康师傅终于郑重地说："儿子，你是好样的。你老爸一月不包吃不包住才400来元，你包吃包住700元，你一个抵俩。"言外之意是希望儿子该自食其力了。可他儿子却吹吹口哨："爸，别美了，这点钱算什么，不是看在你的面子上，我还不想干呢！"后来这件事情终于被他儿子如愿以偿了，那老板因生意不好，只做了半个月就撒手不干了，康师傅的儿子在长沙打工的事情就此告一段落。

五一节爷儿俩一起回去时，他们一前一后地走着，前面踯躅而行的像一只勤劳纯朴的老黄牛，而后面那个一蹦一跳的则像一只无知而又狡猾的兔子，抑或像一条虫——一条寄生在牛身上的小黄虫或是一条让人见了就有点生怕的毛毛虫。

心静也不凉

公司的中央空调忽然闹罢工是我们始料未及的事，大家正埋头工作，忽然，凉风停了，办公室的温度立马火线上升。

提起电话拨后勤部的号码，没想到竟成了热线，打了十几分钟，愣是没有打进去，可以想象，这空调一停，几百部电话同时打到后勤部，不占线才怪。

没多久，公司网站上贴出一条"温馨提示"，内容是告知大家，空调厂家已派维修人员及时赶到，但配件却需要两三天才能到货，希望全体员工发挥不怕苦、不怕累、不怕热的革命精神，奋战三天革命就会胜利。

公司的办公楼是那种很现代的大厦，自下而上全是玻璃，但窗户却没几个，空调一停，大家就像闷在易拉罐里的东江鱼，满眼望去全是死鱼眼。办公室里的东西也变成了燥者欲出火，液者欲流膏。宋代诗人梅尧臣曾这样形容夏天的炎热——飞鸟厌其羽，走兽厌其毛，停了空调的我们，厌其身上的衣服和皮囊。

第二天一大早，同事们纷纷发挥革命的主观能动性，有人带来了蒲扇，有人搬来了电风扇，有人运来了空调宝，有爱吃冷饮的同事竟然携来了一个小冰箱。只有我们的主任，什么也没带，大家劝他回去拿部风扇之类的"降暑利器"来，要么到楼下的杂货铺买把扇子也好，谁知他却跟我们说："没关系，心静自然凉。"

下午，有份文件需要主任签字，我去找主任，平时大门紧闭的主任办公室此刻门洞大开，远远就能看见主任脱了衬衫只穿一件背心端坐在电脑前，走近一看，只见他脱了长裤，穿着一条沙滩裤，双脚泡在平时倒茶水的塑料桶里，桶里装满了凉水，一起身，凉水溢了出来，人差点滑倒。我说："主任，您这是何苦？"他赧然一笑，说："没想到天气这么热，一丝风也没有，动一下就汗流浃背啊！一上午就把衬衣和长裤都湿透了，为了工作，也为了不中暑，我只能这身打扮了！"

看着主任滑稽的样子，我忍不住和他调侃一下，说："主任，你这身打扮，让我想起小时候在田里捉泥鳅的模样呢！"

主任却说："你别说，此刻我真想变成一条泥鳅，待在凉凉的泥土中，几多韵味啊！"

从主任办公室签完字出来，听见主任自言自语地说："谁说心静自然凉，这天气，心静也凉不了啊！"

空调一停，大家就像闷在易拉罐里的东江鱼，
满眼望去全是死鱼眼。

工作证

到外省游玩，忽然接到同事的电话，问我晚上的住宿解决了没有，我说没有。他就给我建议，说我所在的城市有个酒店是集团公司系统内办的，条件很好，对内部员工有优惠。

我打的直奔酒店去了，酒店的服务员要我出示单位证明，我说："我是来游玩的，单位怎么可能出证明？再说你这酒店也是市场化运作，只不过对内部员工稍微便宜一点而已，至于要单位证明吗？"

服务员一副爱莫能助的样子，我悻悻地准备离开，服务员忽然说："有其他能证明你是系统内员工的证件吗？"我说："有单位的门禁出入卡，上面有集团公司的标志和我的照片，可以吗？"

服务员接过卡片，赞许地点了点头，微笑着说："有了这工作证，就可以优惠了！"说着很快就给我办理了入住手续。

拿着服务员递回来的工作证，让我想起两则与工作证有关的笑话。

2005年冬天，公司在一家土菜馆招待几个外地来单位视察的领导，老总让我陪同赴宴，我知道我就是一个端茶敬酒兼买单的角色，因此酒过三巡、菜过五味后，我正欲起身买单，忽然被一领导喊住，让我继续陪他喝一杯，我无奈，只得叫服务员去帮我结账和开发票，服务员问："发票上开什么单位？"我拿出工作证递给服务员说："卡片上那行最大的字就是工作单位。"

酒后，领导起身离开，我抓着服务员递过来的发票和工作证，急忙往裤兜里一揣，就追上去跟领导说再见去了。第二天到单位后，我将发票交给财务人员去报销，谁知财务人员看了一眼后，又将发票还给了我，并说这张发票报不了，我细看一下，顿时傻了眼，只见发票上单位那一栏赫然打印着三个大字——工作证。

我知道他叫什么名字,他姓实,叫实习生。

还有一则笑话是我外甥单位发生的，外甥大学毕业后分到了东方航空公司，那时他在礼宾部，主要负责国际行李转送和国际投诉。

有一天，外甥接到一个老外的电话，意思是说行李区的工作人员对待工作漫不经心，他的行李箱被压扁了，要求赔偿，可行李区的工作人员竟然不搭理他。外甥问老外是否知道那个人是谁？因为每个工作人员的脖子上都挂工作证，上面有名字的。老外一听激动起来，竟操着半生不熟的普通话说："我看了那个人的工作证，我知道他叫什么名字，他姓实，叫实习生。"

听完这句话，我外甥被这雷人的老外搞得哭笑不得，他跟我说："要不是当时考虑到国际友人的心情，只怕我当场就会笑倒。"

"牛皮李"

25年前的那次中考,我的成绩超出了县里唯一那所省重点中学的录取分数线15分。可不知为什么,飞到我手中的却是一张普通中学的入学通知书。因此那个暑假,我都是在失意彷徨中度过的。

谁知道祸不单行。开学前我还在想:只要在普通中学遇上一个好老师,加上自己的发奋图强,也能考上一个好大学。一开学,我就傻了眼,带领我们的班主任竟是一个刚从邵阳师专毕业的毛头小子,绷得紧紧的牛仔裤,像女孩吊装一样扎腰的夹克衫,脚上还蹬着一双丑不啦叽的旅游鞋,活脱脱一个摇滚歌手形象。他姓李,我们的物理老师。你知道他在我们班的就职仪式上是怎么说的吗?他说:三年后的这个时候,你们中间就有二十几位大学生诞生。二十几个?如果不是傻子的话,算一算就知道我们这所普通中学三年加起来也就这个数,要想一个班在同一年考上这么多学生,除非是做梦!

这句话传出去后,很多老师就准备看他的笑话,连校长也找他谈了心,说他还年轻,不该讲的话就不要乱讲,以免给人留下笑柄。谁知,他当着校长的面说:"你敢不敢放手让我管?如果你敢放手的话,我和你打个赌,三年后,20个大学生是个坎,超过一个奖我2000元,少一个罚我2000元,怎么样?"校长拿他也没辙,只得胡乱地应允下来,并说他是"牛皮李"。从此这个名字便在我校悄悄流传开来。

由于校长和牛皮李有了口头上的约定,牛皮李便更加"猖狂"地在我们班大刀阔斧地干了起来。高一整整一年,他把我们班的全体同学拉到操场上跑3000米的次数决不下于500次。早3000米,晚3000米这是铁定的纪律,有谁敢违抗或偷懒,骂个狗血淋头还得继续跑完。如果他心血来潮,中午休息时,也会带着全班同学继续支持祖国的长跑事业。那时，别班的同学笑话我们班是一个长跑培训中心。可一年后，我们班的同学不仅个个养成了晨跑晚练的习惯，而且身体素质也远远地超过了学校其他班的同学。

到了高二，文理还没分班，他便开始向我们灌输所谓的偏科"技巧"，什么语数外长抓不懈，物化生各个击破，政史地连锁记忆，弄得同学你追我赶，仿佛高三提前来临。因此，当高三真正来临时，大家心中的打算早就烂熟于心。可巧的是，除了一个想当记者的女生选择了文科外，班上四十几号人全都不约而同地选择了理科，继续有滋有味地消受着牛皮李的"摇滚式教育"方式。

后来，高考成绩出来了，我们班果真有23人上线。这个消息传出后，很多老师佩服地问他带学生是不是有诀窍。他当仁不让地说："诀窍当然有，只是你们学不会，比如说，你们知道拼硬件比软件是什么意思吗？"

到现在，我才慢慢悟出，他所谓的硬件指的是学生的身体素质，而软件就是学生的智力、学习兴趣、融洽的师生关系的总和。

班上四十几号人全都不约而同地选择了理科,继续有滋有味地消受着牛皮李的"摇滚式教育"方式。

小子，你是在挑战企鹅啊

前两天下班时，在电梯口碰到同时上楼的邻居家强哥的儿子小宇，小宇虽然才读高一，但却长得人高马大，一米八几的个子，一副酷酷的表情，总爱学着成熟男人的样子装深沉，不熟悉的人乍一看，还真会误以为是个熟男呢。其实，你只要听一下他那刚刚变音的鸡公嗓音，就能知道他还是一个未出雏的小男孩。他神秘兮兮地附在我耳边问："叔叔，能否借你家的冰柜一用？"

说来也巧，入秋后，老婆整理冰柜，将剩下的少部分食品全部转移到了一个小冰箱里，大冰柜刚好空在那里没用，我以为他家的冰箱坏了，需要临时存放点东西，就答应了。于是，小宇兴高采烈地将我家的大冰柜挪到他家去了。

今天快下班时，忽然接到小宇爸爸强哥的电话，要我帮他火速去一趟学校。原来，小宇趁着强哥两口子外出旅游的时候，收集了许多冰块，今天下午放学后，学着明星的模样，伙同班上几个同学在学校门口表演"挑战'冰桶'"呢。班主任和校领导都去劝过了，可这些小子不为所动，硬是劝不出来，强哥怕孩子一时逞强，冻坏身体，于是让我去把小宇拽回家。

此时，外面秋雨纷飞，寒风冷冽，我穿两件单衣都觉得冷飕飕的，我忽然意识到自己借冰柜给小宇的严重后果，于是，电话一撂就赶往学校去了。

远远地我看见校门口高高地矗立着三个蓝色的塑料桶，小宇和其他两个同学的身子全装在桶子里，只露出他们的头，桶子周围围着许多学生，都在为各自的偶像加油鼓劲。走近一看，塑料桶里装满了冰和水，三个人的嘴唇都已经冻得发紫，却还装作很英勇的样子微笑着面对大家，而我家的冰柜，也不知什么时候被小宇他们拉到了学校门口来了。

看到这个冰柜，我气不打一处来，就对着大家吼开了："冰柜是我家的，这些冰块也是我家的，是谁未经允许把它拉到这里来了？现在我要收回我的冰块，请大家马上出来，如不听从，我将报警，告你们偷我家的冰块。"小宇他们三个见我这样讲，个个面面相觑，然后极不情愿地从冰桶里爬了出来。

　　小宇他们爬出来后，同学们立即簇拥着将他们几个抛了起来，人群上，我看到了小宇他们骄傲的笑容，同时也看到了他们在风雨中冷得瑟瑟发抖的身影。看到这一幕，我在想：小子们，在这寒冷的天气里，你们哪里是在挑战冰桶，你们分明是在挑战企鹅呢！

老朱从教记

老朱和我是同学，缘分不浅的那种，从初三到大学，整整八年时间，我俩同在一个班，关系非同一般。

老朱名字叫爱华，老家人说话喜欢用去声，猛一听，以为是"爱话"。爱华不爱话，是个八棍子打不出一个闷屁的人，不但话少，还怯懦，生人面前爱脸红，脸一红，满脸的青春痘就颗颗饱满地呈现出来，活脱脱一颗大草莓。

大学报到的第一天晚上，班主任开军训动员大会，要求每个同学上台介绍自己，轮到爱华同学上台，他满脸通红地低着头，双掌搓来搓去，嘴里嘟嘟囔囔，可谁也听不清，班主任急了，拿起粉笔朝他丢去，只见他捡起地上的粉笔，转身在黑板上板书——朱爱华，湖南隆回人……出生年月、兴趣爱好、求学经历、获奖情况一一板书清楚，然后，敬个礼走下讲台，同学们目瞪口呆，老师无可奈何。

军训时报数，轮到爱华同学，准断篇，他声如蚊子嗡嗡，别人听不见，教官恼火，狠K了他几顿，仍不奏效，教官拿他没办法，把他调到队伍最末尾，任由他报或不报。可军训结束时，要搞班级拉练赛，再一次把教官愁坏了，还是班长脑筋转得快，做了一面班旗，走方阵也好，唱队歌也罢，爱华同学就在队伍后面摇旗子，不用动嘴。

我曾私下里鼓励过老朱，希望他能大胆一点。他说："我也想，可一面对人群，头脑就一片空白，嘴像僵住了一样张不开。"因此，他的人生理想就是到电厂做个操纵员，根据指令操作机器，这也是他报考电力专业的原因。

可命运似乎并不按套路出牌，1998年大学毕业时，教育体制并轨，大学生毕业在包分配的基础上试行双向选择，很多成绩一般的同学凭着冲劲在电力系统找到了理想工作，老朱也跃跃欲试，到各大电厂去应聘，但屡屡受挫，究其原因，还是不敢开口说话，笔试成绩第一的他，到面试时绝对名落孙山。

没办法，只得打道回府，县里拿着他头疼，不安排工作违背政策，安排工作又没有单位要。左右为难之际，正巧县教育局说偏远山区一个中学的数学老师不干了，着急要人手呢，于是县里安排他去了。

老朱后来跟我讲，人生往往是急出来的狼、怕出来的鬼，越是害怕，越是担心，越会出现。接到县里通知后，仿佛一个晴天霹雳，直直地劈中他那颗"外焦里嫩"的心。他本想放弃，可无奈父母已老，不能养他一辈子，生存压力那么大，就是做乞丐，也得有根打狗棍和一只破碗才行。于是，他横下一条心，打点行装，奔赴人生的火焰山去了。

第一次上课，老朱做好充分的思想准备，提前一周将教学内容背得滚瓜烂熟，临进教室时，又在脑海里过了无数遍，本以为万无一失了，可谁知一进教室，班长一声洪亮的"起立、老师好"，学生们齐刷刷地站起来，吓得老朱一弹，准备好的教学内容瞬间扔到爪哇国，老朱一句话也说不出，那场景就如《中国合伙人》里有演讲恐惧症的孟晓峻一样，尴尬、羞愧、愤怒，五味杂陈。没办法，老朱只得转过身，在黑板上一边板书，一边调整自己的心态，一堂课上下来，大汗淋漓。

老朱知道自己"无可救药"，于是采取迂回战术，上课对着课本念，课余找成绩差的学生各个击破，好在他有耐心，面对差学生，他能从小学一年级教起，一天补一点，渐渐地，班上学生的成绩竟然有了起色，期末考试得了全区第一。

人怕出名猪怕壮，老朱得了第一，很多教师想来学，学校给安排公开课，老朱一律不接受。不熟悉的人以为他傲慢，熟悉的人知道他是害怕。学校有几位未婚的美女老师，老朱贼眼溜溜地盯着最漂亮的那位，他追女孩的方式很老套，就是写情书，第十一封情书终于将美女老师的心俘获。美女老师想考验他，娇滴滴地说："只要你敢上堂公开课，我就跟你在一起。"

老朱还真的"领命"了，一周后公开课开讲，只见老朱戴着个黑色眼罩，坐在讲台上口若悬河、声若洪钟，板书时转背摘下眼罩，面对人时再戴上，虽然滑稽可笑，但整个课堂活色生香。

转眼十八年过去,老朱早因教学出色,调到县城已经好几年了,但每次上公开课,他都要带一副深色墨镜才能心安。我在想,有些人,在光明里才能找到方向,像老朱这种人,只有在深深的黑色里,才能看见他智慧的火花在闪耀。

转眼十八年过去,老朱早因教学出色,调到县城已经好几年了,但每次上公开课,他都要带一副深色墨镜才能心安。

别人钓鱼我钓虾

今年夏天,带四岁的女儿去餐馆吃饭,朋友们点了道"口味虾",没想到,小家伙竟然喜欢上了它,回家后,天天嚷着要再吃小龙虾。说实在的,现在关于小龙虾的负面报道实在太多,重金属超标事件、洗虾粉事件、地沟油事件……件件让人触目惊心,为了安全起见,我就没再带她去吃,为此,小家伙天天跟我闹情绪呢。

由于我在工地上班,只有周末才能回家,记得那次离家,女儿将我送至家门口,忽然抱着我的腿,万分不舍地对我说:"爸爸,下次回家,还带我去吃口味虾吧,我好喜欢吃呢。"看着女儿期盼的眼神,我不忍拒绝,就答应了。

回到工地后,前思后想,还是觉得带女儿去餐馆吃"口味虾"有些不妥,可答应小孩的事情又怎能食言?

"要是工地有个地方能钓到小龙虾就好了,这样,就可以将钓到的小龙虾放在清水里养一段时间,让虾充分'吐故纳新',等公休时回家后亲自做给女儿吃,既安全卫生,又营养可口,该有多好。"我在心里嘀咕。

心动不如行动,有了这个主意后,我就利用闲暇时间向工地附近的老乡们打听小龙虾的情况。不打听不知道,一打听吓一跳,原来工地附近就是一个小龙虾产区,碧波万顷的湖泊里,村前屋后的溪流中,甚至稻花香里的农田内,都能看到小龙虾的身影。一位老乡指着工地前水草丰茂的繁莲湖说:"其实,你们湖里就有很多小龙虾呢。"

繁莲湖是一个天然湖,共三百多亩水面,湖心有座小岛屿,春天过后,湖面荷叶田田,莲花朵朵;岛屿上白鹭翻飞,草木葱茏;湖边呢,荷香阵阵,蛙鸟齐鸣;再加上湖的后面就是一个葱翠蓊郁的小墨山山脉,常年云雾缭绕,山峰若隐若现,景色真是美不胜收。以前,工作之余,我喜欢沿繁莲湖散步,任习习微风涤荡思绪，用款款步伐舒缓筋骨。有时看到几个垂钓者，都是来钓鱼的，还没看到有人来钓过虾呢。

现在，为了让女儿吃上小龙虾，我要做"第一个吃螃蟹的人"。我从附近的山上砍来一些竹枝做钓竿，将钓鱼线系在竹竿上，再找来些小铁丝做吊钩，随便钩些猪肝、肥肉或者鸭肠之类的东西就开始了我"钓虾之旅"。

记得第一次钓虾时，迎着灿烂晚霞，沐浴着清凉晚风，一边欣赏这湖光山色，一边找个有水草的地方，依次将几根钓竿排开。没想到，这里的小龙虾还真多，竹竿放下去没多久，第三根钓竿的钓鱼线就动了，"上钩了！"我的心一下子提到了嗓子眼，生怕小龙虾跑掉，手忙脚乱地将竿收上来，没想到一箭双雕，一下子收获了两只小龙虾，顿时让我信心倍增。就在这时，第一根竹竿不停地在动起来，我赶紧拉起来，可能是拉得太快的缘故，眼看着一只青皮大龙虾从眼皮底下溜走，心里那个沮丧啊，真是无以言表。

吃一堑长一智，这次失败后，我重新调整钓竿，将诱饵加大放下去，果然有效，没多久，线又剧烈地动了起来，这次我轻轻地匀速地提起竹竿，在小龙虾浮出水面的一刹那用网兜一抄，终于，一只大大的张牙舞爪的小龙虾被我收入囊中。哈哈，这只小龙虾到了网兜里，还舍不得松开它那夹着猪肝的大钳子呢。

那个周末，当我提着满满一桶小龙虾回家时，小家伙兴奋地在家里上蹿下跳，晚餐也吃得不亦乐乎。

从那以后，我几乎每次回家都会带一桶小龙虾回家，现在，随着天气的逐渐转凉，小龙虾慢慢躲到洞穴里过冬去了，但只要阳光明媚的日子，它们依然会出来活动，我依然能收获满满。

陪女儿养金鱼

小区旁的商场，不知什么时候在出口处开了家宠物店，什么波斯猫、丝毛狗、小白兔、大仓鼠、鹦鹉、画眉、乌龟、金鱼……林林总总，约有一二十种小动物。

上周末，带快四岁的女儿去逛商场，出来时，女儿看到这些可爱的小动物，一下子爱心泛滥起来，喜欢得不得了，非得央求我带一样回家。猫和狗容易掉毛，难搞卫生；白兔和仓鼠嘴尖牙厉，怕伤着女儿；鹦鹉、画眉之类的鸟类我又不懂饲养，于是，就买了九条金鱼，五红两黑两白。

回家后，将金鱼养在一个圆形的玻璃缸里，搁在酒柜旁的方几上，劳作之余，倒一小杯红酒，边品边看玻璃缸内鱼翔浅底，色彩流动，竟给生活带来几分惬意，偶尔丢几粒鱼饲料下去，金鱼你追我赶，追逐嬉戏，间或冒出一串长泡，如露珠滚动，似珍珠抛洒，煞是好看。

金鱼买回家后，女儿也闲不住了，从幼儿园一回来，就站在鱼缸前，一会儿摆手、一会儿俯身、一会儿张嘴，动作认真极了。我问她在干吗，她连连向我摆手，希望我能安静，生怕打搅鱼儿安静的生活。原来，她在学鱼儿游动、俯冲、冒泡的姿势呢。

前天下班后，我刚进家门，女儿就泪光闪闪地扑进我怀抱，伤心地说："爸爸，对不起，是我不好，我'害死'了一条金鱼。"原来，那天我上班后，她回家早，就学着我的样子给金鱼喂食，她不知金鱼的习性，生怕鱼儿吃不饱，抓起一大把鱼饲料往鱼缸里丢，有条黑色的金鱼因吃得过饱给胀死了。

我走到鱼缸前一看，金鱼早就翻白了，像一块臃肿的黑色抹布漂浮在水面上，我找来网兜，将金鱼捞起，给女儿看金鱼鼓胀的鱼肚皮，并告诉她金鱼是不知道控制自己的食欲的，你给它多少鱼饵，它都会吃掉，所以，喂金鱼的时候一定要把握一个度，否则金鱼就会被胀死。女儿似懂非懂点头，说以后一定会小心的。

看着女儿可怜楚楚的无辜样，我安慰她说："这只鱼儿已经死了，再伤心也于事无补，但一定要记住这个教训哦。"女儿乖巧地点点头说："这只鱼儿真可怜，是我害死了它，爸爸，我想给它一个很好的葬礼。"

这小家伙不知从哪里学到了葬礼这个词，也许是电视上学的吧，但我还是很欣慰，因为女儿已经知道生与死是怎样一回事了。我带上铁锹，陪女儿到小区的一角将金鱼埋了，小家伙还学着电视里的样子，摘了一朵野菊花摆在埋鱼儿的地方呢。

画手表

去上海出差，临行前，老婆将一块手表塞到我手里，说："听说上海昌化路一家手表店专门维修这种老表，你带过去看能不能修好？"

这是一款上海牌女士机械表，圆圆的表壳已经磨花了，表带也快断了，只有秒针上的一个小红点还有几分亮色，似乎在诉说着以前的潮流。

我立马吐槽："so old，哪里来的？"

"我读小学三年级的时候，老爸买的，为了这事，我妈骂老爸败家，骂了整整一年。"老婆边说边陷入回忆里。

小时候，老婆有个邻居叫小红，她们年龄相仿，性格相投，用老婆的话讲，小红是她最早的闺蜜。小红长得跟洋娃娃似的漂亮水灵，大大的眼睛，高高的鼻梁，樱桃小嘴笑起来，脸上露出两个甜甜的酒窝，特别讨人喜欢。那时，她俩好得跟一个人似的，一起上学，一起做作业，一起玩耍。有时候，玩得实在无聊，她们就互相送"礼物"，所谓礼物，就是给对方的手腕上画一个手表。收到礼物的一方，总会学着大人的样子，扬起手，很认真地看看，再学着广播里播音员的腔调播报：现在是北京时间 X 点整。那时她们过得单纯而快乐。

然而，小学三年级的时候，小红的舅舅从上海调回省城，回家探亲时，送给小红一块精致的海鸥牌手表，在那个物质极度缺乏的年代，手表是多么珍贵和稀罕的礼物啊。第二天，小红带着手表去上学，手腕上那块精致的手表几乎亮瞎了全班同学的眼，每个人都羡慕得不得了，可不知为何，小红却闷闷不乐。中午吃饭的时候，小红约我老婆出去玩，说想将手表转送给她，我老婆心里尽管非常喜欢，但她知道，这份礼物太贵重，坚决不敢收。

快放学的时候，小红的母亲来学校接小红，发现小红并没有戴手表，就问小红

小时候，画在手上的手表时针不会动，却带走了我们那么多或美好或困惑的时光。

为何不带手表？小红急得满脸通红、支支吾吾说中午睡觉的时候弄丢了。

这么贵重的东西在学校里弄丢了，小红的母亲立马投诉到校长那儿。校长说：手表不会不翼而飞，挖地三尺也要把它找出来。于是，校长亲自带队，对班上所有的同学一一检查，当检查到我老婆的书包时，小红非常紧张，果然，校长在我老婆的书包发现了那块手表，就在校长准备把我老婆揪出来亮相的时候，小红却哭着说出了真相。

原来，小红的舅舅舅妈没有小孩，这次回家探亲，喜欢上了聪明乖巧的小红。小红是老大，下面还有弟弟和妹妹，小红的父母觉得抚养三个小孩压力过大。于是两家大人商量，决定将懂事可爱的小红过继给舅舅舅妈当女儿，手表就是过继的信物。过些日子，小红就要随舅舅舅妈去省城读书，小红舍不得离开自己最要好的朋友——我老婆，于是决定将这块手表转送给她，可中午送表的时候没送出去，于是，小红就趁着午休的时候，将手表悄悄地塞进我老婆的书包。

"第二天，小红就没来上学了，没多久，他父母也搬了家，我与小红从此失去了联系。那段时间，我整天在手腕上画手表，一副失魂落魄的模样。父亲知道，我是想念小红了，于是他花了全家快一年的积蓄，给我买了块式样相同的上海牌手表，算是安慰吧。"

"那你现在就没再打听过小红？"我问。

"打听过，听说她十五岁那年，初中毕业没考上重点高中，一个人悄悄地去了西藏无人区，就再也没回来过……"

其实，画手表的事情我儿时也曾有过，只是没想到，小时候，画在手上的手表时针不会动，却带走了我们那么多或美好或困惑的时光。

一屋吊兰

换了个新部门，和几个"烟鬼"混在了一起。

办公室仿佛腊肉作坊一样整天烟熏火燎，一袭清香进去，满身烟味出来。

公司是那种现代化十足的办公楼，整栋楼外墙全是玻璃，可就是没有窗。都说上帝关了你一扇门，必将为你打开一扇窗，可在我们公司，只要门一关，上帝再疼你，也没办法给你打开一扇窗，只有中央空调一年四季开着，仿佛不要能源一般，时时刻刻营造着春天般的温暖。

二手烟无疑是吸定了，我能做的就是将伤害减到最低，于是跑到花卉市场买了一盆号称"绿色净化器"的吊兰放在工位上，看着满目翠绿，竟然忘记了那吸二手烟的无奈。

有怎样的付出就有怎样的收获，在我定期浇水、定量施肥的辛勤劳动下，两个月后，吊兰竟开出了白色的小花朵，星星点点、若隐若现地躲在绿叶丛中，她的香味也如这花儿一般，似有若无，若不凑近闻，还真闻不到她的芳香。后来，吊兰从叶腋中抽生出小植株，由盆沿向下垂，舒展散垂，似绿色的秋千荡漾在空中。植株的下面，长出许多嫩嫩的小触角，仿佛婴儿白胖的小手，狂挠乱抓的样子，像要把我放在桌面上的文件拿起来。

周末，利用去郊区游玩的机会，挖了一袋泥土，买了几个空盆回来，再到花卉市场买了些氮肥和磷钾肥，均匀地搅拌在泥土里，装盆带到办公室，上班后，将那些小植株移栽到新盆里，每个工位上摆上一盆。

一个"烟鬼"见了，不好意思地说："一盆吊兰，成了我和香烟之间的第三者，选择谁？是个难题。"我说："不难，你将香烟交给嘴唇，再将烟雾交给吊兰，'正宫'与'第三者'注定要你死我活，你就气定神闲地看他们谁消灭谁就是了。"惹得大家一阵欢笑。

可能是受我的影响,渐渐地,我看到办公室的那些"烟鬼们"在收敛。有几次看到他们将香烟从盒子里抽出来,闻了闻,又放了回去。然后开始搬弄吊兰,或浇水、或施肥、或剪枝、或移栽,实在没事做了,动手将吊兰挪挪位置,或者干脆对着吊兰发发呆。

这样过去三个月,办公室的"烟鬼"三人有两人成功戒烟。而吊兰呢,一生二、二生三、三生万千,现在,办公室里满屋子都是吊兰,甚至连过道上都摆满了高高矮矮的花盆。

定期浇水、定量施肥的辛勤劳动下,两个月后,吊兰竟开出了白色的小花朵,星星点点,若隐若现地躲在绿叶丛中。

第五辑

志·方向

桌上绿萝葳蕤,犹如晶莹翡翠。
谁知枝叶下面,根须盘节累累。

也知不会开花,梦想不会变化。
坚守幸福方向,心愿终能抵达。

不是所有花开都会引来蜂飞蝶舞

一

去年九月，忽然接到朋友老徐的电话，他请我去他家喝一杯。

进门一看，饭菜已经上桌，全是美味佳肴，我对老徐说：这不年不节的，何必如此丰盛？

他开朗一笑，说："丫头参加全国大学生田径锦标赛，夺得了五千米竞走第一名，准备庆祝一下。" 我顿时舒缓，原来我是打了个秋风。

我知道，老徐的女儿自小体弱多病，为了增强体质，老徐放弃了许多闲暇时间，每天坚持带丫头出去锻炼身体，后来，丫头喜欢上了竞走。初中二年级的时候，丫头学校举办运动会，有个五千米竞走的项目，其实我和老徐都知道，体质虚弱的丫头根本完不成那么长距离的运动，可老徐鼓励她参加，那次丫头虽然坚持走到了终点，可名次却是倒数第二名。

记得那天在回家的路上，我和老徐都觉得小丫头战胜了自己，很了不起，因此喜气洋洋。可丫头却一路沉默不语，一问，竟恸哭起来，原来，丫头以为自己跑完这漫长的五千米，同学们定会围着她欢呼雀跃，谁知，等她坚持跑到终点时，同学们都走了，没有一个人为她感到高兴，因为她没能为班上取得名次。

我当时哑然失笑，老徐却问丫头是否真心喜欢竞走？丫头想了想，满脸泪痕地点点头。"既然喜欢，又何必在意别人的眼光呢？只要你坚持，定会成功的。"老徐说。

没想到，六年后，丫头真的成功了。

二

2008年，十字绣刚流行的时候，在小区门口开杂货铺的老李为了打发时间，也跟着绣起来。

一个五大三粗的男人学刺绣，很多人觉得好笑，可老李不管不顾，一个人沉浸在十字绣里，从早绣到晚。

刚学十字绣的时候，由于针脚不熟练，手指不灵活，指尖经常被扎得冒血，另外由于不知道刺绣顺序，东一榔头西一棒槌，绣出来的绣品一点也不平整，后来，他向有经验的人请教学习，再绣时，他压着针脚朝一个方向刺绣，绣出的花样既平整又漂亮。老李从小的"福"字绣起，用了不到两年的时间，就绣出了"北国风光""江南如画"等许多精美的十字绣。

有一天，老李去市场进货，看到有人在出售一幅22米长的《清明上河图》十字绣，许多人不敢要，除了太贵外，还有就是这幅十字绣太长太大，没有三五年工夫只怕绣不完。老李见无人敢要，便跃跃欲试，许多人劝他：平时小打小闹也就算了，真要绣这样的巨幅的十字绣，对身体和毅力都是极大的挑战，还有可能会影响到杂货店的生意。

老李说："不试怎么知道自己不行呢？"于是，他在大家质疑的目光中买下了22米长的《清明上河图》。

太阳东升西落，日子寒来暑往，三年后，当老李将他的《清明上河图》展示在众人眼前时，很多人真心佩服老李的毅力和绣工，愿意出高价购买他的十字绣，可他却拒绝了，他将这幅十字绣捐献给了市博物馆。

现在，进市博物馆看展览，第一眼看到的展品就是老李的《清明上河图》，因为它就展示在进市博物馆必经的长长的走廊上。

三

老李从小的"福"字绣起,用了不到两年的时间,就绣出了"北国风光""江南如画"等许多精美的十字绣。

前段时间，一位在媒体工作也在写微信公号的美女问我，为何满嘴脏话的咪蒙能够在短短的 4 个月时间里，公号粉丝超过 200 万，多篇文章阅读量上百万？而她苦苦经营，粉丝仍在几千徘徊，这是为何？

说实在的，这位美女也曾出过好几本书，拥有一定的读者，她的公号文章我篇篇仔细读过，文笔流畅，情感细腻，洞察深远，而且更新的速度也很快，用现在流行的话来说，她也是蛮拼的。

对于我来讲，她和咪蒙，各有千秋。她的疑问我无言以对，我当时只是淡淡地说："你可能没有像咪蒙那样亏四百万吧。"

四

无意间在某晚报上读到一则寓言。

一支芦苇孤零零地生长在一块贫瘠的土地上。冬天来了，它的头顶上长出了白色的芦花。大家都笑它，春天不开花，秋天不结果，冬天却长出这既不鲜艳又不芳香的所谓的花。芦花始终低着头，沉默不语。在那些没有蜂飞蝶舞的日子里，芦花只是努力生长，一年又一年，这块土地上慢慢长满整齐的芦苇，一到冬天，这里就成了一片银白色的海洋。人们发现后，大家蜂拥而至……

其实，不是所有的花开都会蜂飞蝶舞，但只要我们努力坚持，顽强进取，定有一天，我们的梦想终会蔚然成一片蓝色的海洋，迎来属于自己的辉煌。

我猜，咪蒙是这样，那些平凡却努力的人们同样如此。

删繁就简，只剩生命原色

集团公司团委四月中旬才决定在五四青年节搞一个大型的"五四青年峰会"，系统内的青年先锋、青年先锋号代表及骨干青年都得参加。峰会分三个篇章，分别是我们共同走过的N年、青春智造和五年后的我。时间紧、任务重，参会人员多，也许是在报上发过些"豆腐块"的缘故，四月下旬，我这个"大叔"级人物，被抽调到集团公司"帮忙"。

所谓帮忙，无非就是将所属各团委推荐来的材料进行分类整理，然后修枝剪叶，进行加工。

不是我王婆卖瓜，看到交上来的材料，我就想踹作者两脚，明明是论坛峰会，一个个硬把它整成事迹报告会，每个单位满满的十几页A4纸，全是高大上的空口号。

于是立马召开紧急视频会，再次交代材料要求，只要将N年里印象最深的一个故事或创新过程中最典型的一个案例讲出来即可，时间、地点、人物、故事开端、发展、结尾，简单明了，不拖泥带水。可是很多单位的团委书记还是一脸茫然，于是我说："电视访谈看过吧？主持人问你N年里印象最深的一件事，你硬是将N年里发生的所有事讲出来，观众愿意看和听吗？"

材料再次交上来，大部分单位将材料改成了几页纸，可有家单位却逆势而上，生生整出二十几页来，打电话过去问，对方一脸无辜：材料短了，领导不让报，怕显示不出公司实力。

嘚嘚嘚，别为难小青年了，于是我找处长商量，处长说："大胆改，只要故事完整，全都删到一页纸以内。"

大刀阔斧改了两天，故事基本成型，语言平实，案例生动。于是将材料反馈到各团委,告诉他们峰会上就按这个讲,尽可能用自己的语调来讲述。团委书记将信将疑地反问:"只说这么一点点?"我嘞个去,还嫌少,你不知道集团有多少个单位吗?全听你一个人聒噪,还真把自己当总书记做报告啊。

时间一晃两周过去,青年峰会如期举行,由于事先进行了充分的沟通和精心的准备,青年峰会搞得热烈而不累赘。一个个共同走过的日子、一次次创新的开展、一点点对未来的期许,全都简短生动。

峰会结束后,我也踏上归家的路程。从德胜饭店出来,走在德胜门外大街,看见路旁的金银花无比灿烂地怒放着,一树接着一树,让我无比流连。然而,当我踏上的士绝尘而去,树影渐渐模糊,头脑里只记得金银花那纯粹的白和耀眼的黄。

我想,人生也大抵如此吧,当你处在青年的浓烈时,似乎每一天都是一首灿烂的诗,每一件事都那么轰轰烈烈、荡气回肠,然而,当我们被裹挟着走过岁月的洪流,站在人生另一个阶段回首,记忆删繁就简,只留下一两个故事在生命里闪耀,那是岁月积淀下来的生命原色。

想到这里,我忽然释怀,不是那些青年喜欢又长又空的材料,而是因为他们处在一树又一树的繁华阶段,而我,已是处在的士上的回忆阶段了。

站在人生另一个阶段回首,记忆删繁就简,只留下一两个故事在生命里闪耀,那是岁月积淀下来的生命原色。

你所厌弃，我之梦寐

公司办公室的黑姐儿这几天在朋友圈里晒心情，说她讨厌江南小城这种淫雨霏霏的天气！还配了张照片为证。照片里，她撑着把小雨伞，袅袅娜娜地走细雨中，背景是我们县城的一条青石小巷，白墙绿瓦的青石路旁垂柳如烟，物我朦胧！看到这张照片，我当场想吐血，说了句：姐儿，你到海南来晒太阳吧，这里阳光明媚着呢！

她哪知道，这几天我们在海南都快被晒成鱼干了，巴不得能遭遇一场雨呢！用我徒弟的话说，想雨都快想得要哭了。就连带队的老总看了黑姐儿的微信后也受不了啦，全然没了刚来海南推广市场时的豪情，他跟大家说："市场推广很重要，但大家革命的本钱更重要，兄弟们，好汉不吃眼前亏，明天我们就打道回府！"

黑姐儿是典型的"无知型"秀女，她哪知道，她的一条微信，伤害了我们一颗颗在外开拓市场的兄弟们的心！

这让我想起我的高中同学莫小贝，那年高考成绩出来后，成绩一般的他在国内充其量只能上个二本，可架不住他爸有钱，愣是把他搞到美国一所知名大学读书去了。他整天用QQ在我们班的同学群里闪，晒他离开国后的各种忧伤，有一天他忽然说，这是什么破学校，在美国排不到前五，世界排名都到了78位了，大家还在你追我赶，个个跟天降大任于斯人一样勤奋。我立即就凌乱了，世界78位还破学校，我们这些在国内读着普通大学的人就只有钻地缝的份了，估计班上那些考上清华北大的同学也无语了吧，反正那次以后，我发现同学群果断把他拉黑了！

大学毕业找工作那会儿，我们这些有成绩没背景的主每天就像无头苍蝇一样，拿着简历到处乱投，班上的易朵云却每天躲在被窝里睡大觉，因为她早就被她舅舅安排进了省邮电管理局。毕业前的聚餐特别多，有次聚餐，易朵云在餐桌上矫情，

毕业前的聚餐特别多,有次聚餐,易朵云在餐桌上矫情,说:"我真不想去那个破单位,多想和你们一样,拿着简历去自己想去的单位碰碰运气,即使头破血流也绝不后悔!"她说得很真诚,也许是出于真心,但对于屡遭拒绝仍没工作着落的我们来说,她的话深深刺痛了我们。

说:"我真不想去那个破单位,多想和你们一样,拿着简历去自己想去的单位碰碰运气,即使头破血流也绝不后悔!"她说得很真诚,也许是出于真心,但对于屡遭拒绝仍没工作着落的我们来说,她的话深深刺痛了我们。总之,她发完那次感慨后,班上的聚餐就没了她的身影,不是她不想参加,是没人邀请她啊,而她发出的邀请,大家都找各种的理由推掉了!

我兄弟强哥,才貌双全,薪金丰厚,结婚前,如果把追他的女孩排成长队的话,即使没有"优乐美"那样每年绕地球一圈半那么长,但排他个十八里长亭应该不是夸张。那时,他成天在我们面前哀叹,这个女孩太做作,那个女孩太矫情,而作为他的兄弟,我们却总是没有美女拿正眼好好瞧过。好在经过这么多年的"打击"之后,我们已经修炼出千年不坏之身,对他也就没那么羡慕嫉妒恨了。到他结婚的时候,我们都还是不知丈母娘家门朝哪开的主。婚后,他爱人端庄贤惠、聪明漂亮,工作单位也好,还给他生了个活泼可爱的大胖小子,本该满足了吧,可他还是隔三岔五地就跟我们抱怨,我们也只能在酒桌上跟着他一起,来一个一声叹息。

其实,不管是学习、工作、婚姻抑或是你生活的城市,有个时候,你所厌弃的,往往就是很多人梦寐以求的,所以,我们没必要老跟自己过不去,珍惜眼前的,就是幸福。

蝼蚁的悲伤

与我一同长大的几个发小当中，小勇是大家公认的最成功的一个，有房有车有存款，有儿有女有娇妻，最主要的是他在广州拥有固定资产上千万的工厂，手下员工上百号，典型的事业有成，而且人也长得风流倜傥，按现在流行的叫法叫作高富帅。小勇人很热情，大家去了广州，总爱与他联系，与这个千万富翁一起吃个饭办个事，感觉倍有面子。

前段时间，小勇因业务上的事情来了趟长沙，朋友几个就想尽地主之谊请客吃饭，大家都想去高档酒店为他接风洗尘，谁知小勇却坚决不去。原因很简单，他说哥几个都是工薪族，那排场就没必要了，几个朋友感动得一塌糊涂。最后大家还是去了城郊一处高级别墅会所，地点当然是小勇订的，单也是小勇买的，月朗星稀下，清风徐徐，大家酒兴很浓，推杯换盏到深夜才散去。

我把小勇送到房间后才知道，我们推杯换盏的一顿酒钱花掉了我们其中一人近半年的工资。那晚他显然有些喝高了，逮住我说个不停，语句凌乱，但思路脉络却很清晰，说别人羡慕他的只是一掷千金的豪情和家财万贯的殷实，没人理会他创业的艰辛和困苦，没人理会他为了业务求爹爹告奶奶的低下，也没人理会他为了出人头地的忍辱负重，说到动情处竟然匍匐在床上一顿恸哭。我安慰他说：你是最棒的，我们都理解你创业的不易与艰难。谁知他忽然翻身起床，用幽怨的眼神看了我一眼，悠悠地说：都说你理解人，看样子徒有虚名啊，你根本就不理解我的艰辛和屈辱！

这让我想起一个故事，说沙滩上窝着一堆蛋，孵化前彼此都很理解对方的世界，窝在一起很甜蜜。有一天蛋都孵化出来了，发现有的是天鹅，有的是小鸡，有的是小鸭，有的是条蛇，有的是鳄鱼。开始的时候，大家都还稚嫩走不动，彼此紧紧地依偎在一起。慢慢长大后，为了各自的生活，天鹅去了天空，鸡去了田野，鸭去了河流，蛇去了山林，鳄鱼去了海滩。有一天他们终于相会了，彼此说着各自的生活，却感觉谁都无法真正理解谁，于是从此天各一方！

　　说实在的，小勇有权指责我不理解他的艰辛和屈辱，因为我只能看到一个千万富翁出手的阔绰与大气，但不知他是否又能够了解我等同样经历艰辛和屈辱后，仍然被金钱压迫得喘不过气来的痛苦与悲伤呢！其实，芸芸众生的轨迹，就像各自画出的圆圈，所谓的相互理解只是彼此交汇的那一小部分而已，大部分还得自己去体会！

　　这让我忽然想起一个朋友QQ上的签名：你永远无法理解一只蝼蚁的悲伤，除非你是那只蝼蚁！

芸芸众生的轨迹,就像各自画出的圆圈,所谓的相互理解只是彼此交汇的那一小部分而已,大部分还得自己去体会!

人家的孩子易长大

老婆要去外地喝喜酒，得住上三五天才能回，两岁多的女儿由于晕车，只能留在家里。父母亲又远在邵阳老家，来回折腾也得两三天，没办法，我只好请一周的假回家带小孩。

虽说请了假，但这几天手头的事情特别多，公司一天一个电话催我什么时候能够回去上班。我正郁闷着，心想这小孩啥时候长大呀！想想两年多来，小家伙从呱呱坠地到咿呀学语，再到现在的满屋子乱串，真够折腾的！不过，这折腾倒是我心甘情愿，满心欢喜的呢！

小孩好动，除了睡觉的时候能安静一会儿，其余的时间你得陪着她翻天覆地地玩耍。下午，我陪女儿去商场坐摇摇车玩耍，碰到一个久未谋面的朋友，他表情夸张地看着我女儿说："你小孩长得真快，转眼就这么高了，上次到你家时，她还是一个抱在手中的婴儿呢！"

我赶忙催促女儿叫叔叔，谁知女儿认生，小嘴儿一翘，转身躲到屁股后面不愿出来，我尴尬地说："两岁多了，一点都不懂礼貌，调皮捣蛋得很，像个跟屁虫一样成天粘着我！"

朋友倒不在意小孩是否叫叔叔，摸摸女儿的头，一脸羡慕地对我说："真快、真快，就这么高了！"，然后挥挥手与我们告别。我心里顿时像打翻了五味瓶，很不是滋味。心想：是啊，人家的孩子易长大！那是因为别人只能看到孩子的茁壮成长，却看不到父母的努力付出呢！

这让我想起一件事，前段时间我陪一位领导去外地开会，会议举办方的城市有领导的几个大学同学，于是，会议结束后，领导带上我去参加他们的同学聚会。

餐桌上，一干人等也不把我当外人，大家把酒畅谈，无人不欢。不过酒过三

小孩好动,除了睡觉的时候能安静一会儿,其余的时间你得陪着她翻天覆地地玩耍。

巡后，同学们开始把持不住自己的嘴，坐在桌旁在互相"揭短"，有个同学可能是喝多了，端着酒杯跟我的领导说："想当年，你在学校就是一个落后分子，还补考过，没想到世事难料，你都混到某公司的老总了，我们还是普通员工一枚，你小子真是幸运啊！"

领导淡然一笑，说："人家的孩子易长大！"

同学们面面相觑，不明就里，只有我知道领导所表达的意思。因为领导是我们公司出了名的工作狂，领导是用他的辛劳和汗水才换来今天同学的艳羡，20年来，同学们当然看不到他为了工作废寝忘食、挑灯熬夜的身影，更看不到他为了发展，不断完善自己，不断挑战自己的勇气和毅力！

牛不犁田也会老

在南京转机,百无聊赖地在候机楼里瞎逛,身后忽然传来几声娇滴滴的声音,仿佛在叫我,我想在这人生地不熟的地方,谁会叫我呢,也许是同名的吧!于是继续往前走。

手机在这个时候噼里啪啦地响了起来,一看是小敏,我还没说话,听筒里传来了一声喊叫:叫你呢,也不搭理人,往后转。

我转过身,远远看见小敏微笑着站在川流不息的人群里,手高高地举起向我挥舞,身量苗条的她,嫩黄的长裙搭上粉红的披肩,仍是那样的青春跳脱,在这人来人往的候机楼里,仍然给人一种鹤立鸡群的感觉。

他乡遇故知,这是多大的喜事,于是,两人高兴地在星巴克找了个位置坐了下来。

咖啡还没上,话题就急不可耐地上桌了。

"看你这身材,是不是把自己当猪养了?"一开口就是狂轰滥炸。

"哪有啊,我是把自己当大象养,现在还不够重量呢。"我说。

"不以为耻,反以为荣,也不知道脸红。"

"我脸红了,只是你没看出来,我皮肤黑,红和不红一个颜色。"

"就你嘴贫。"

人有个时候就是贱,我被小敏那张"缺德"的嘴骂得美滋滋的,不过,也只有这样,我才觉得她仍然没变。

以前在学校的时候,小敏是我们学校的广播员,聪明漂亮、能歌善舞,身边总免不了许多追求她的男生,为此,她像夏洛一样特烦恼。有一次,我去广播站送稿子,看到几个男生在广播室外死守,个个脸上一副董存瑞炸碉堡般的悲壮表情。

我走进去跟小敏说:"你这个碉堡迟早要被这群不怕死的敢死队给炸掉的。"小敏就甩给我一副欲哭无泪的表情。

我说:"与其让这群不要命的'董存瑞'把你弄得粉身碎骨,还不如直接和我好算了,我这怜香惜玉的书呆子一定会给你留个'全尸'的。"

正蹙眉烦恼的她听我这么一调侃,扑哧一笑,说:"你这癞蛤蟆也想吃天鹅肉?"

"哪敢,除非天上掉馅饼,而且这馅饼还得是用天鹅肉做的,否则,癞蛤蟆是不会去想的。我这么做,是想牺牲一下自己的色相,给你当一个挡箭牌。"

从那以后,小敏果真天天和我黏在一起,我当时就像凯旋的将军,将小敏身旁那群小战士打得丢盔弃甲。

大学四年,我发现一个真理,越是漂亮的女人对自己下手越狠。小敏在我们学校本来就是校花一枝,学校再漂亮的女生在她面前也都黯然失色,但她为了保持艳冠群芳的优势,四年里,塑身、护肤、节食,从不间断。没办法,我这个"男闺蜜"只得天天给她当陪练,本来像我这种以尝遍天下美食为己任的正宗吃货,怎么可能在四年里对美食毫不染指,幸亏毕业后,没有她这个自虐狂的提醒,我才真正体会到美食带给人的快感。

"你这张嘴得改改了,这样不好。"我跟小敏说。

"我哪敢在别人面前放肆,咱俩谁跟谁啊。"小敏笑着说。

"说正经的,我听同学们说,你是怕被家庭拖累,怕生小孩影响身材,所以到现在还不愿嫁,是吗?"

"是的,你想想,班上那些女同学,成家后,哪个不是把自己弄成了水桶腰、黄脸婆?我可不愿像她们那样。"小敏说。

"见过自恋的,但没见过你这么自恋的。用我这个年纪的男人的眼光来看,那是一种成熟的美。"我调侃她。

"美是一种易碎品,需要花时间和精力去呵护。再美的美貌也抵挡不住柴米油

我发现一个真理，越是漂亮的女人对自己下手越狠。

盐的侵蚀和孩子一把屎一把尿的冲刷。"小敏振振有词。

"你见过有哪种花能常开不败，鲜艳永远吗？"我瞪着眼睛仔细地看着小敏，尽管她保养得相当好，但岁月的风霜依然可见，特别是那眼角的皱纹，一笑，毫不掩饰地泄露了她年近四十的天机。

"没有。但我还是愿意尝试一下，不尝试怎么知道呢？"小敏眨着她那对忽闪忽闪的大眼睛对我说。

"只有塑料花才常开不败不会凋谢呢，你不会想做塑料花吧？"

"你就别劝我了，我有自己的追求。"

……

半个小时很快过去，机场广播开始催促登机，临走时，看着咖啡杯里袅袅升起的热气，我忽然想起父亲跟我说过的一句话：牛不犁田也会老的。

我想将这句话送给小敏，但终究还是没有说出口。

一片树叶

我读大学那会儿，阿敏是我校出了名的"款爷"。

他的每一举手投足都见大哥大的绅士气派，他全身上下里里外外非名牌不穿，吃的用的也是高档货，特别是他能一夜之间无所顾忌地把两三百块钱的生活费扔进麻将堆里然后又带着女生去卡拉OK厅潇洒。他的这种慷慨曾让同寝室的我们这些穷学生羡慕得眼珠子都差点儿掉出来。

也正是由于他这种视金钱如粪土的"慷慨"，他"豢养"了不少的朋友，于是，就有人传闻，说他是某某公司董事长的儿子。我们问他，他总是不置可否地笑笑，倒给我们留下了一副不"显山露水"的亲切感，我们也就将信将疑地把他这个"大款"当作了一回事，三五天抓他请一次客，他总是学着广东的暴发户端着酒杯哼一声："毛毛雨啦！"

不久以后，我们就发现他有不少的汇款单源源不断地从深圳、珠海等地汇来，偶尔有一两张来自偏远农村，我们问他，他总是笑而不语。

一天晚上，阿敏带着几个"弟兄"去录像厅潇洒去了，我们正在寝室自习，有人敲门，说要找阿敏，他背上还背着个破烂的牛仔袋，一脸的风霜，看上去仿佛一个刚出土的秦俑。老人等了大半夜，不见阿敏回来，带着失望和惘然，从口袋里掏出500元钱和一封信，再三嘱咐我们转给阿敏，就匆匆走了。

阿敏是后半夜回到寝室的，他拆开信，里面除了一片树叶其余什么也没有。阿敏痴痴地望着那片树叶，忽然号啕大哭起来。我们问他为什么哭？他才哽咽着告诉我们，他家其实在贵州一个偏远的农村，家里很穷，他爸爸是个一字不识的农民，为了供他读书，家里的三个哥哥、一个姐姐全放弃成家立业的大事到深圳打工去了。前不久，他三哥因为加班时间太长，精力无法集中，在操作机器时，把手压断了，可还是从医药费中省出钱来寄给阿敏。为此，他曾发过誓，不再花天酒地、一掷千金，可面对同学的吹捧，虚荣心又使他依然故我。

　　我们拿起那片树叶，猜出阿敏他爸的意思：没有背面苦涩的支撑，就没有正面艳丽的光泽。从那以后，林敏不再是"花花公子"，而且更受大家喜欢。

没有背面苦涩的支撑,就没有正面艳丽的光泽。从那以后,林敏不再是"花花公子",而且更受大家喜欢。

那点亮梦想的"三把火"

下午四点,阳光暖暖地从落地玻璃窗照进来,照在办公桌上。忽然手机响了,是杨启升老师的短信,这确实有点让我喜出望外,23 年了,杨老师音讯全无,没想到这么一个秋日的午后会收到他的短信,更没想到的是他就在镇上教书。

杨老师是我初中二年级的班主任,浓密的胡须,深邃的眼神,个头不高,但很精神。在我的印象中,他管学生很有一套,接管我们班时,他刚从别的中学调到我们乡中学,班上 48 位同学面对这个新来的班主任老师个个张牙舞爪,怒目相向,原因很简单,他"管束"得太严。

我们班前一任班主任是位女教师,性格脾气很好,她很怜悯我们这些在大山里野惯了的穷苦孩子,所以对我们的犯错总是一忍再忍。而青春年少的我们哪里能理解这些,总是把上课调皮捣蛋当英雄,把迟到早退当习惯,把目中无人当荣耀。很多同学是抱着混日子的目的去学校的,因为 1990 年的广州,你只要有一张初中毕业证的文凭就能进工厂打工,就能自食其力帮父母减轻负担了,我们这些在大山里的孩子有着天生的善良和质朴,也有着很难改变的目光短浅和刁钻顽劣的劣根性,因此,班上的学习气氛非常差。

俗话说,新官上任三把火,杨老师到我们班烧的第一把火就是不准迟到早退,谁要是做不到就退学,大家都是抱着"混"文凭的目的来的,谁会在初二的节骨眼上打退堂鼓,于是大家只能"忍气吞声"地答应了。许多同学是大山深处的,学校离家几十里山路,为了能给父母省钱,以前是能不住校就不住,现在不准迟到早退,就只能上寄宿了。杨老师烧的第二把火是晚上必须晚自习,这在现在来说是不足为奇,但是在我们那个年代,一所普通的乡中学,做到全班晚自习,真的很不容易,就连很多老师也不理解,说杨老师是瞎子点灯白费蜡。杨老师烧的第三把火是

杨老师坚持骑自行车送我去，那条山道弯弯的路上，我永远记得自行车上一前一后的身影。

读励志故事，每天早上上课前半小时，他会随机抽一个同学来读故事，这些故事都是他经过精心挑选过的励志故事，这三把火一烧，同学们的眼界开阔了，行为规范了，一个学期下来，班上的成绩远远超出同年级的其他两个班。

初二第二学期，正值春天，天气晴朗的夜晚，晚自习后，杨老师就带着我们到操场上去数星星，每个人根据自己的喜好选出自己最喜欢的星星，并将星星的名字写在自己作业本的备注栏里。在第五次数完星星后，他忽然宣布一个消息：全镇六所中学初二年末统一考试，成绩前50名的同学组成"尖子班"，谁想成为那最耀眼的50颗星星就现在加油学习。也许是励志故事起的作用吧，班上48名同学的梦想瞬间被点亮，个个铆足劲地学习。那一年，也是我学习生涯上唯一一次被评为市级三好学生，末考后，我们班两人进了"尖子班"，包括我。到镇中学报到的当天，杨老师坚持骑自行车送我去，那条山道弯弯的路上，我永远记得自行车上一前一后的身影。

后来，由于学习压力忽然增大，也就很少想起去看杨老师，大学毕业后倒是去过我们那所乡中学打听过，不过，新来的老师都说杨老师早就调走了，具体学校不详。再后来就没怎么打听了，只是我经常会想，那年如果没有杨老师的那"三把火"把我的梦想点亮，也许我也走在打工者的洪流中吧！

卷土重来未可知

一年一度的高考又在重演着几家欢乐几家愁的故事。

望着同事儿子那张被高考折磨得困倦疲惫而又稚嫩天真的脸庞,我的心猛地一沉,仿佛又回到那个黑色的七月,置身于那段"铁马冰河入梦来"的难忘的时光。

高中的时候,我青春的情思蓬勃地生长着。那时的我,玩诗、玩小说,也玩心跳,把英语老师的 ABC 当作韵脚放在诗歌里炒炒去,把原子分子化学方程式当作小说里的堂吉诃德任它天马行空,而物理成绩却如中国的足球一样是臭脚,从来没有一回踢进 60 分的及格网。

上课我学习鲁迅的"躲进小楼成一统,管它春夏与秋冬";下课我领悟杜甫的"读书破万卷,下笔如有神";寒暑假我学着三毛背着背包去旅行,美其名曰体验生活。那时的我还骗着父亲说,某某是因为文章写得好破格被某大学录取,斗大的字不识一箩的父亲以为自家出了个文曲星,整天乐呵呵地对着乡亲说,将来我必有出息之类的话。

可我错了,那个黑色的七月过后,一纸分数单道破了所有的天机,我被拒之于大学的校门之外。当初我总想那守大学校门的老头为何连眼睛也不眯一下,只要他一眨眼,我就可以溜进大学那玫瑰色的校园继续玩几载鸟语花香。可现实并没有出现奇迹,我就像一个没有策略没有长远眼光的顽猴,在玉米地轰轰烈烈地劳作,只换回一个供人讥笑的寓言。

我哭了,我把发表的作品全都烧为灰烬,以此来祭奠那个沉甸甸地失败。父亲没有言语,他用一双厚实的手抚摸着我婆娑的双眼,沉重地说:"其实,我早就知道了,只是我也不愿意破坏你心中的梦想,你说,世上有几个是因为写东西而进大学的?孩子,只有锅子煮大米,没有锅子煮文章,你把这东西暂时忘掉吧,我相信,明年的这个时候你会捧着红艳艳的通知书向我报喜。"

泪水终于模糊了我的视线……

我又重新回到了教室,再一次学鲁迅的"躲进小楼成一统",可这次不是玩诗歌耍小说,而是认认真真地读书。终于,在第二个金色的秋天,我跨进了大学美丽的校园。

我就像一个没有策略没有长远眼光的顽猴，在玉米地轰轰烈烈地劳作，只换回一个供人讥笑的寓言。

戒的不是酒，是执念

春节过后，谢老大忽然在朋友圈里高调宣布戒酒。我当时想，肯定是春节回老家喝伤了，身体扛不住了才有此念想的，像他这种情况我也经常有，可只要身体恢复，肚子里的"酒虫"一挠痒，立马呼朋唤友大碗"嗨"酒去了。

谢老大是我大学时睡我上铺的兄弟，因在宿舍里年龄最长，我们故称他为谢老大。他是典型的内蒙古汉子，高大威猛，孔武有力，可能是游牧民族从小就有喝酒的习惯，谢老大好酒并且量惊人。

记得大一时，隆冬腊月，外面下着雪，谢老大出去喝酒去了，我们三个闲在宿舍无聊，等谢老大风雪夜归人后，大家提议搓场麻将娱乐一下，于是四个人分四方坐下。搓着搓着，我们三个就觉着不对劲了，总感觉眼前有重影，身子也轻飘飘的，慢慢地我们三个全部倒在麻将桌旁，第二天起来仍呕吐不止，谢老大把我们带到医务室，校医边给打点滴边教训我们仨："喝不得酒就不要逞强，看你们醉成啥样了。"我的妈呀，昨晚谢老大喝了多少酒啊，呼出的空气把我们仨都弄醉了。于是怒问，对方却憨笑：没多少，三斤半二锅头而已。

谢老大酒量虽大，可他的肠胃毕竟是肉长的，不是化学实验室的U型玻璃管，这边流进那边流出，还不受一点伤害。记得大学里谢老大醉得最惨的一次是陪她女朋友的领导喝酒。大四那年，谢老大女朋友在省城一家单位实习，该单位工资高、待遇好，而且稳定。其实，他女朋友无论是学历、能力，还是业绩，都很不错，女朋友想留在该单位，但单位领导就是不点头。于是谢老大四处托关系，终于找到主要领导的一位战友，由战友出面，谢老大请单位所有领导吃饭，酒桌上，领导们仗着权势，要谢老大按八比一的比例来敬酒，谢老大半个不字都没说，把十几个领导陪得舒舒坦坦回家。等他回到宿舍，醉得手舞足蹈，但满脸却挂着笑容，就像范进

他轰然倒下的样子,就像看见一座高山忽然被泥石流击垮一样,眼神里满是崩溃和无助。

中举一般。

　　大学毕业后，谢老大毅然放弃学校分配的安稳工作，选择去女朋友所在的城市，在一家私营企业里干销售。那时候，他经常跟我吹牛，干销售多好，天天陪客户喝酒，能充分发挥他的特长。然而，一年后，女朋友离他而去，成了别人的新娘。那晚，他拉着我去酒吧喝酒，从晚上8点一直喝到凌晨3点，他没有说女朋友半点不好。我只记得，我扶他到出租屋时，他轰然倒下的样子，就像看见一座高山忽然被泥石流击垮一样，眼神里满是崩溃和无助。

　　后来，酒仍是谢老大生活里不可或缺的一部分，高兴了喝、悲伤了喝，为朋友喝、为上司喝，升职乔迁喝、迎来送往喝……

　　前几天，路过谢老大的小区，想起快半年没见他了，我胃里的"酒虫"又开始作祟，我选了酒店订好位置就给谢老大打电话，他立马赴约，只是酒桌上，不管我怎么劝，他都不喝，我问为何？他说："哥戒的不是酒，是执念。"

　　这话我信，这些年，由于对生活和情感太过用力和执念，谢老大至今仍单着。

很多忽如其来，其实酝酿已久

星期五，公司人事调整终于尘埃落定。

我仔细阅读了公司网站上公布的人员定编情况，在为自己舒一口气的同时，又为销售部老高感到深深的惋惜。

6月初，人事改革的消息如重磅炸弹在公司上空炸响后，很多人尽管仍然保持着日常的节奏和矜持的微笑上班，但我知道，基本上是人浮于事了，他们的心就像炸弹席卷过的城市一样，满目疮痍、一片狼藉，得等到有了新岗位后才能重拾旧山河。

但老高是个例外，改革对他似乎没有影响。他每天带领部门的兄弟们在市场里冲锋陷阵，让公司的销售业绩一直保持着稳步向前的势头。

我们都知道，自从销售部的经理老林调到集团去了以后，老高主持工作已经三年了，有业绩、有能力、有功劳、有苦劳，这次改革怎么着都轮到他转正。

可是结果一公布，却让人大跌眼镜，销售部负责人的"桃子"，竟被老高手下的高级主管小钟给"摘走"了，公司一下子炸开了锅，为老高抱不平者有之，对小钟猜疑者有之，质疑改革暗箱操作者有之。

周末，在商场购物时碰到人事部经理老何，一起聊天时，不知不觉聊到老高身上，我把大家的疑问跟老何说了，他笑着说："老高的事情是经过公司领导班子多轮讨论后定下的。小钟能上位，也是老高的极力推荐。"

"老高推荐小钟上位？"在我眼里这简直是剧情大逆转啊。

"是的，老高的爱人两年前查出尿毒症，天天做透析，时刻需要有人在身边照顾，老高的孩子又小，因此他多次请辞不再主持部门工作，但一个部门不能没有头啊！后来，在老高的推荐下，让小钟临时代替老高主持工作，经过半年的培养，小钟基本上手后，公司才批准老高上班时间可以去医院照顾爱人，你别看老高每天风风火火出门，其实大部分时间是去医院了。两年来，小钟不但挑起了销售部的重担，还经常主动将一些业务记在老高名下，目的是为了不影响老高的收入，让他有足够的实力支付起沉重的医疗费。你说，像小钟这样有能力有责任感的人是不是该提拔？"

我一时语塞，只能尴尬地跟老何握手道别。临走时，老何握着我的手说："老高的事情，周一的员工大会上，公司会做出说明。其实，生活中像老高这样的事情实在太多，你眼中的忽如其来，对别人来说往往是酝酿已久的。"

老何的话让我想起我们村的王大军。王大军喜欢酗酒，而且没有酒德，每次酗酒后，经常无缘无故地殴打他老婆——莲花。

村里人都习惯了莲花东躲西藏的身影，觉得莲花天生就是个苦八字。可谁曾想到，有一天，莲花却跟着一个来村里做手艺的人跑了。这对王大军来说太突然了，莲花跑路的第二天，我正好回村办事，遇到可怜兮兮的王大军，他无比沮丧地问我："小兄弟，你是文化人，你说你莲花嫂子怎么会忽然间跑掉呢？她连小孩都不要了？"

我在心里骂："她不跑掉，难道等着被你打死吗？"但我却没说出口，只是厌恶地走开了。

其实我早就猜到，莲花一定会逃跑的。因为几年前，伤痕累累的莲花曾跑到我父母家躲避，无意间我正好听到我妈和她的聊天内容。我没见过一个女人如此痛恨自己的丈夫，最后，她咬牙切齿地跟我妈说："王大军这个王八蛋，我把他碎尸万段的心都有，要不是看到小孩还小，我早就跑了。"

也许，对于王大军来说，莲花的逃跑是有点突然，但对莲花来说，她的离开，一定是经过很久的酝酿，才到这一步的。

其实,生活中,你眼中的忽如其来,对别人来说往往是酝酿已久的。

做株坚持守望幸福的绿萝

都说铁打的营盘流水的兵，这几年我体会颇深。

由于受大环境影响，项目暂时上不去，公司惨淡经营，曾经那些过五关斩六将经过千挑万选才进入公司的"小鲜肉们"，一个个走马灯似地走了。想当初面试时，他们鲜衣怒马、豪情在胸，慷慨激昂地誓与公司共存亡，没想到，短短的几年工夫，"鲜肉们"所剩无几，我粗略地统计了一下，离开公司的员工都能重新组建一个新公司了。

从现实的角度考虑，现在这社会，每个人的生存压力都很大，他们选择离开，本无可厚非，市场法则使然。然而，作为一名老员工，面对这种情况，心中还是有几分伤感，我在想，他们应该还是喜欢这份事业的吧，要不然当初也不会拼尽全力地"挤"进公司来，可既然钟爱这份事业，为何不多坚持一下呢？转机也许就在下一秒。

说到坚持，就讲个坚持的故事吧。温城辉，广东潮汕人，22岁，"礼物说"APP开发者，2014年8月，"礼物说"正式上线，10月开始有交易额，"双十二"当天的交易额就达到数百万元，随着用户数和交易额不断刷新，温城辉一举成为90后创业"明星"。然而一路走来，却鲜有人知道他努力坚持的心路历程。

2012年，他用一大推销明信片赚来的十多万元，开发了一款可以存储录音和视频、并能印在明信片等礼物上的二维码产品，可是由于推广不利，10万元血本无归。为此，他四处找人投资，可没有人对他的产品感兴趣，直到2013年12月，他才获得一笔150万元的天使投资。拿到这笔钱后，他带着团队前往北京，夜以继日地对产品进行挖掘和完善，但市场反响仍不温不火。150万元很快弹尽粮绝，团队中有人开始动摇了，想退出，温城辉却一再坚持。

六七年过去了,并没怎么打理它,可它还是在忘我地生长着,有的都好几米长了。

话说有一天，温城辉正在为团队采购食物，意外碰到一个使用他们二维码的用户，温城辉便问好不好用？那人说挺好用的，可让他苦恼的是不知挑什么礼物送人好。说者无心听者有意，温城辉灵光一闪：能不能做一个礼品导购APP呢？回到公司后，温城辉立马行动，仅用两个月时间，温城辉团队就开发出了"礼物说"。

昨天，到会议室开会，看到窗台上的三盆绿萝葳蕤生长，碧绿的枝叶将整个窗台蔓延成一片绿色的海洋。

这三盆绿萝是公司2008年办公地点迁移时买的，一直摆在会议室的窗台上，六七年过去了，公司并没怎么打理它，可它还是在忘我地生长着，有的都好几米长了，顺着窗台垂挂下来后沿着墙根往角落继续长，有的悄悄地爬上玻璃窗，爬着爬着，可能是玻璃太滑，也有可能是自身太重，仿佛一个趔趄，啪的一声摔倒在窗台上，横七竖八地互相纠缠在一起。

记得当初公司搬家时，我去花卉市场选择植物，一眼就相中了这几盆绿萝。那时，绿萝刚刚抽枝，枝条纤细，叶片柔弱，殷殷然滴着翠色，但并不失葱茏，风一吹，枝叶摇摆，仿佛一个穿浅绿色裙摆的少女在风中向我招手。老板见我喜欢，就说："绿萝是一种生命力顽强的植物，有水就能生长，被称为"生命之花"，它有极强的空气净化功能，能吸收空气中的苯、三氯乙烯、甲醛等，非常适合摆放在新装修好的居室中。"于是就有了会议室窗台上的这一汪翠绿。

我听人说，绿萝的梦想是开出美丽的花朵，并且为此努力生长，所以绿萝的花语是守望幸福。小鲜肉们，对于自己喜欢的事业，我们何不学习一下绿萝，做一个坚持守望幸福的人呢？

骤雨不终日

一

初中二年级上学期，我忽然迷上了画画。

可那时候我们的乡村中学没有美术老师，我就整天拿着素描本描摹静物和石膏蜡像。一个破陶罐旁摆三两个苹果，一个头发波浪卷、五官很分明的侧脸外国老头，我画得如痴如醉。上课画，下课画，白天画，晚上也画，期中考试的时候，考卷上的分数差点都被我画成达·芬奇的鸡蛋。

老师痛心疾首，把父亲喊道学校里去了，那天在教师办公室里，我看见阳光从落地玻璃窗里照进来，照在老师因愤怒而涨得通红的脸上，父亲站在阴影里唯唯诺诺地低头认错，我躲在父亲身后，手里攥着画笔，连大气都不敢喘。我发现自己画了半期的明暗对比，竟然没有教师办公室里的这幅画面生动，于是，我忽然就没了画画的兴趣。

从老师办公室里出来后，父亲没言语，倒是我主动说："放心吧，我不会再画了，真的没意思。"于是就将画笔扔进了垃圾桶。

二

酒桌上认识一朋友，初见时我俩一见倾心，我欣赏他的高大帅气、爽朗大方，他喜欢我的豪气干云、心底坦荡，于是往来频繁，有段时间我俩天天腻歪在一起，无话不说。

他是个生意人，在我们小区的胡同口开了个广告公司，胡同口有一块空地，经常停满了车。

有一天，我去他店里玩，刚到门口，看见一个女孩倒车时没注意，剐蹭到旁边的另一辆。说时迟那时快，朋友一个箭步冲到女孩车旁，问女孩怎么办？女孩自知理亏，赔偿了朋友三百元。

我知道那车不是我朋友的，我想他可能是看到车主不在，帮车主照看车呢。我当时还暗暗佩服朋友的路见不平、拔刀相助，后来，车主回来了，看见车被剐蹭了，就跑到店里来问，朋友看了看车主，从鼻孔里哼出一句话："忙着呢，谁有时间帮你照看那破车。"

车主自讨没趣地走了，不知怎么回事，我忽然感觉不那么喜欢他了，慢慢地竟断了往来。

三

有段时间，我身体不是很好，医生说需要调理，恰巧那时看了一档很火的养生节目，简直把红薯说成了包治百病的神药，于是就喜欢上了红薯。生的、煮的、蒸的、烤的，百吃不厌，后来，发展到不吃别的任何东西，餐餐拿红薯当饭，人瘦得像根竹竿一样还沾沾自喜，家人阻拦，还觉得那是家人不懂得养生，于是和家人怄气。

有一天，在家搞着卫生，不知怎么就晕倒了，幸亏家人发现及时，将我送到医院后，医生说由于我长期只吃红薯，再加上体质本来虚弱，造成了严重的营养不良而晕倒。

出院后，每次看到别人在大街上吃烤红薯，我竟然生出想呕吐的感觉。

四

晚上九点，趁着月色，围着南湖散步，忽然乌云密布，下起了暴雨，一堆人躲

我发现自己画了半期的明暗对比，竟然没有教师办公室里的这幅画面生动，于是，我忽然就没了画画的兴趣。

进一个亭子里。

半小时后，雨势依然强劲，有人说，天这么黑，云这么厚，只怕这雨一晚也停不了，于是，很多人熬不住了，冒雨走了。

一个小时后，雨稍微小了点，但依旧噼里啪啦，人陆陆续续在走，最后，只剩下我和一个老头，我抬头看看天，又看看雨，也不想等了，准备冲进雨里。老头忽然说："小伙子，等会儿，雨就要停了，老子说过：飘风不终朝，骤雨不终日。"

果然没多久，雨停了，月亮出来了，微风吹拂，我沿着湖边慢悠悠地回家。一路上回想这些年的情景，忽然发现老头的话很管用，爱好也好，情感也罢，凡事太过浓烈和疯狂，都不见得长久，只有细雨绵绵，才能长长久久地滋润天地万物。

轻寒正是可人天

一

十五年前，朋友老王在一家很小的文化传媒公司干活，这家公司从老板到普通员工加起来也就十二个人。可是，公司虽小，蓝图却很宏伟，用老王的话说，将来的广告界唯他们公司马首是瞻。

那时老王所在的公司代理了几家报纸杂志的广告业务，由于老王曾经在国有企业搞过宣传，对广告业务中那些"只可意会不可言传"的套路比较熟悉，没多久老板就将他提拔为公司副总，让他掌管业务，并许诺给他公司 10% 的股权。老王当时像找准了自己的人生坐标一样，带领十个手下满世界跑，几乎日夜连轴转，累了就地打个盹，饿了就随便吃个馒头，辛苦终于换来了源源不断的广告业务，可就在公司蒸蒸日上的当儿，老王却被老板"解雇"了。

老王气得几天茶不思饭不想，我劝他：老王，别不开心，中国上下五千年文明，哪个开国皇帝不杀一批同生死共患难忠心耿耿的大臣？开除你，就证明你的能力已经达到他心头大患的地步了，他怎能不先除之而后快呢？

也许是我的话起了作用，这次打击非但没有击垮老王，反而使老王认清了自己。没多久，老王成立一家广告公司，由于老王的专业和敬业，很快，老王的公司就有了起色。

现在，老王以前工作的那家文化传媒公司早就倒闭了，而他自己的公司却如芝麻开花一样，节节高呢。

二

哥们贺乐在广州开了家外贸公司，2008年，受全球金融危机的影响，许多外贸公司纷纷倒闭，他的公司也艰难得揭不开锅，得依靠向银行举债才能给员工发工资，我劝他裁员或关闭公司，这样至少可以保留点"老本"，可他没有听从我的建议，仍然继续苦苦支撑。

那年年底，我因公差路过广州，在贺乐的邀请下，去了趟他的公司。那栋三十层高的曾经挤满几十家外贸公司的豪华现代的办公楼几乎人去楼空，曾经上下班高峰时几乎很难挤进的电梯，现在几乎成了专梯。当我走进他的公司时，看见几十号员工仍然衣着整齐地坐在电脑前忙碌着，我觉得好笑，戏弄地说："现在都没有业务可做了，你看这些员工们一个个还正襟危坐在电脑前忙碌，他们这是在欺骗你这个懵懂的老板呢，还是你在故意制造自欺欺人的'虚假繁荣'？"

贺乐笑着说："虽然这段时间我们现在没有业务可做，可我们不能坐以待毙，我们把这一段难得的'真空期'当作练兵的最好时期。我想，一旦经济复苏，我们公司的每个员工都将是独当一面的好手。正好，你今天晚上来听一下我们公司才来一年多的资历最轻的员工的讲座吧。"

晚上，我如约去听讲座，没想到一个才工作一年多的年轻小伙子能对行业分析得如此透彻，对世界经济的走势了解得如此清晰。我不得不佩服贺乐的眼光。贺乐告诉我，其实，这段时间，从上至下，所有员工白天工作，晚上讲课，通过大家的努力，他们看到了一个更加清晰的未来。

果然，2011年，贺乐的公司走出泥沼，成为一家利润上千万的外贸公司。

三

2008年7月，随着项目的不断推进，我带着比夏天更火热的憧憬从长沙来到了岳阳。那时，梦想如金鹗山上的樟树一样青翠，心情如洞庭湖的清风一样舒畅，

晚风，此刻最善解人意，柔柔地绕在身边流淌，微凉却无寒意，带给肌肤无比舒爽的感觉。

眼光如岳阳楼的飞檐一样宽广。然而，2011年3月，随着日本的一场地震，蝴蝶效应般震动了我国，国务院出台了《国四条》，项目开发的热潮戛然而止，我们这个行业仿佛一下子进入了冬天，大家的激情也如冬天马路上的雨水一样，瞬间便已凝固结冰。

时间一晃7年过去，7年，能让一个咿呀学语的孩子长成一位浓眉大眼的少年，能让一株破土而出的幼苗长成一棵硕果累累的果树，但是对于我来说，这7年，有的只是百炼成钢的隐忍，有的只是苦其心志地坚持。有时，看着那些曾经鲜衣怒马、豪情在胸，慷慨激昂誓与公司共存亡的同事们一个个离开这个行业，我甚至在想，是不是我已从充满激情的青春岁月过渡到随遇而安的中年时代？

好在，随着时间的推移，7年，国家和大众终于从审慎对待到了解这个行业，也让我们看到，开发它的春天就要来临。我想，在这个"春天里"，也许我如同一棵小草一般卑微，但我心甘情愿为它奉献自己的一抹新绿。

四

傍晚，沿着南湖散步，头顶天高云淡，碧空万里如洗；眼前湖水清澈澄明，翡翠般碧绿通透。晚风，此刻最善解人意，柔柔地绕在身边流淌，微凉却无寒意，带给肌肤无比舒爽的感觉。远处的龟山岛上，夕阳把山峦染上一派丰收的色彩，世界仿佛一下子洞开了许多，胸怀也跟着开阔起来。

莫名想起杨万里的《秋凉晚步》：秋气堪悲未必然，轻寒正是可人天。绿池落尽红蕖却，荷叶犹开最小钱。

金质徽章

早上经过小区传达室，忽然被门卫李师傅喊住，他递给我一个包裹，包裹是从北京邮来的，小巧精致，打开一看，里面是一枚徽章和一封短信。

老兄：

15年前的春天，在我最困难的时候，你用最善意的方式帮助了我，现在我奉上一枚真正的金质徽章，以表谢意！

我知道以前的我，就如卖给集邮市场老头手里的那枚徽章，外表看起来如金子一样熠熠生辉，可它是铜质的，是你的善意和帮助，让我有力量去打造属于自己的金质人生。再次叩谢。

弟：海子

拿着这枚金光闪闪的徽章，思绪不自觉地飘到了15年前。

海子是我的大学好友，他学的是中文，我读的是电力，虽然两个人学的专业不同，但因共同的爱好，使我们成了朋友。那时我们俩都是校文学社的佼佼者，他的诗歌清新隽永，我的散文真挚感人，校报曾以文学上的海尔兄弟报道过我们俩。

海子家是湘西农村的，那时的湘西经济非常落后。大学毕业前夕，我曾去过海子家，见到他父母的第一眼，我心里竟涌出这么一句话，"贫贱夫妻百事哀"。海子家就两间土砖房，家里没有像样的家具，海子母亲常年多病，一家的重担全都压在他父亲一人的身上，我们来岳阳前，500元的"漂泊费"还是海子父亲东拼西凑借的。

因此，到岳阳后，海子拼命寻找工作，好帮父母减轻负担。可偏偏是急出来的狼怕出来的鬼，越需要工作的他越没有单位要。

后来，学校的校长打电话给海子，推荐他去北京一家有影响力的报纸碰碰运气，我知道海子想去，可又苦于没有路费，海子是个极要面子的人，我曾主动说借路费给他，可被他一口回绝了。

有一天下班回家，看见海子心事重重地拿着枚徽章在玩耍，我突然来了灵感，走到他面前说："拿你这枚徽章给我看看，我有个朋友特爱收藏徽章，而且只收梅兰竹菊，怎么样，想卖不？"

"别开玩笑了，这东西还能有人要？这是我高中时在地摊上买的，一块钱三个，我喜欢梅花图案，它让我想起梅花香自苦寒来的道理。"海子说。

"有些东西在你手上可能是破铜烂铁，可到别人手上就可能是至尊宝贝！我那个朋友就在集邮市场，要不明天你同我去试试？"听我这么一说，海子自然愿意卖。

第二天一早，我先跑到集邮市场，以一百块钱的好处费找了个朋友帮我演戏，朋友演得很像，一见到海子的徽章就说那是他梦寐以求的徽章，然后还煞有介事地用嘴咬了咬，惊呼那枚徽章是镀金的，这样折腾一番后，终于以一千块钱的价格成交。得到钱的那一刹那，海子激动得抱着我哭了。

第二天海子去了北京，凭着自己的实力和学校校长的推荐，报社很快录用了他，如今，他已是该报的副总编了。

大学毕业前夕,我曾去过海子家,见到他父母的第一眼,我心里竟涌出这么一句话,"贫贱夫妻百事哀"。

朋友的院子

朋友小强这两年生意做得风生水起,去年冬天在城郊购置了一栋别墅。这是一栋旧别墅,别墅的原主人因为举家迁移美国,就以非常合理的价格将别墅转让给了小强。

别墅到手后,小强准备对房子进行重新装修,跟装修公司敲定装修方案的那天,他把我喊去,希望我提点建议或意见,算是帮他出谋划策吧。

经过一上午的讨论,方案基本敲定。从别墅里出来时,看到别墅前乱糟糟的院子,我跟小强说:"把院子整饬一下吧,你看这些杂树,光秃秃的,高低不齐,大小不一,难看得很,还有这些荒草遍地都是,再看看这些绿篱,太矮了,兔子都能蹦过来,更别说人了。"小强不置可否地笑了笑,说:"等等吧,等装修完房子再来整饬院子。"

时间一晃大半年过年过去,房子也装修得差不多了,前两天,小强喊我去看新房,工人们正在整饬院子,看上去大刀阔斧的样子,其实基本上没怎么动,除了拔了些杂草,修剪了些枝叶外,其余照旧。

不过此时院子里数株小树红叶傲霜,艳丽至极。我很有感触地说:"幸亏当时没把这些杂树砍掉,否则今天就看不到这么迷人的秋色了,对了,你是怎么知道这些杂树秋天会缀满红叶的?"

小强笑着说:"十年前,我曾做过一段时间的苗木生意,苗木地是从一个朋友手里接管过来的,他当时急着去西北做煤炭生意,因为缺少本金,就将苗木地转让给了我。你知道的,隔行如隔山,苗木地到手后,我发现地里有一块杂草丛生的'荒地',于是就将那块地铲除了,种上了一些自己喜欢的苗木。"

"半年后,朋友从西北回来后问我,那些名贵的牡丹花苗卖得怎样?我才知

一个春夏秋冬的轮回,你就会发现,珍木总会在合适的季节在你的院子开花结果。

道，原来牡丹苗是长在杂草中的，只可惜连同杂草一起被我给铲除掉了。"

"通过这件事，我明白了一个道理，有些事情在没有得到确认前，还不如静下心来看一看，老天总会给我们带来惊喜的。果然，你看，这些冬天光秃秃的树，到了春天繁花缀满枝头；那些看似野草的蒺藜，到了夏天里成了锦蔟；还有这些一直长不高的小树，到了秋天，居然红叶满园呢。"

说到这儿，朋友小强指着这个院子说："如果把我们的生活圈子比喻成一个院子的话，那么朋友就是生长在其间的各种珍贵花木，小人才是生长在院子里的杂草。在生命的冬天，当你还辨认不出哪些是杂草，哪些是花苗的时候，请你静下心来等一等，千万别急着动手铲除它们，一个春夏秋冬的轮回，你就会发现，珍木总会在合适的季节在你的院子开花结果，把你的院子装扮得更加美丽，而那些荒芜你视野的杂草，经过筛选，就可以大大方方地将它拔掉了，不过这些都要经过长期的观察才认得出啊。"

听了这番话，我打心眼里佩服小强的悟性。

剪掉旁生出来的枝丫

清早去上班,路过一个十字路口,看到环卫工人架着梯子在给道路两旁的樟树剪枝,高高的樟树上枝丫纷纷坠落,有些都有手腕粗了。

樟树枝横陈在人行道上,挡住了我的去路,一个工人大叔看见了,赶忙过来收拾,我跟大叔说:"这么大的树枝被砍掉了,怪可惜的。"谁知大叔却跟我说:"冬天来了,樟树的枝丫散得越宽,能量越容易被蒸发,樟树抗寒的能力就越差,也更容易被冻死;其次,要想樟树来年长得高、长得直、长得壮,这些旁生出来的枝丫也必须剪掉,春天一到,万物苏醒,樟树没有别的枝丫分散生长力,就会直直地壮壮地往上长了。"

听了大叔的讲述,我忽然想起明朝末年儒学家徐光启给棉花打枝的故事。徐光启曾是明朝末年有名的宰相,不仅为官清廉,而且在数学和农学方面造诣深厚,他的《农政全书》,大大促进了我国农业的发展。

徐光启七八岁的时候,有一天早上,父亲见他钻进自家屋后的棉田里玩耍,也没怎么在意,可是到了吃午饭的时间,父亲仍未见他回家,就火急火燎地往棉田里去寻找。这时父亲看见徐光启一边伸手掐断棉花尖顶上的嫩芽,一边哼着童谣,就生气地问徐光启:"你这是在干什么呢?"

"我在收拾棉花呢!"徐光启漫不经心地回答。

这时,父亲看见棉田里满地的棉花嫩芽,火冒三丈地说:"我好好的棉花全被你这浑小子祸害了!"说完就要动手打人。

徐光启赶忙说:"父亲,您误会我了,您看,现在马上就要立秋了,棉株新枝上不可能结出蕾铃了,如果再让它生长,就要耗费许多养分,我把新枝顶上的新芽摘去,省下来的养分就可以供给下面快成熟的蕾铃,蕾铃长得大,收获才多!"父亲听后，半信半疑地想，这小子说得有几分道理，但嘴里却说："少狡辩，如果秋后收成不好，我决不饶你！"

两三个月后，徐光启家的棉花果然获得了大丰收。父亲这才发现儿子在庄稼地里不是闲玩，而是在钻研学问。从此，他积极鼓励儿子学习农业科学技术，成就了徐光启《农政全书》的伟大业绩。

在生活中，我们也是一株容易长出"新芽"的棉花树，如果没有及时剪掉这些"新芽"，将会大大影响我们的生活，有时甚至会对我们的人生造成很大的影响。

我做生意的朋友阿强就跟我讲述过一个他的故事。朋友是做家具生意的，十多年前，他在家具城开了家很大的门店，在业界颇有影响。有一天，他听家具生产商讲，黄花梨木材生意利润非常高，于是他心动了，回来后悄悄地做起黄花梨木材生意，由于不懂黄花梨的好次，几年下来，做家具赚来的钱全赔在黄花梨上。后来，他在进黄花梨木材的过程中，听到苗木生意很赚钱，他又转做苗木生意，结果因为不懂技术，苗木生意又亏了。现在他只得回过头来继续做家具生意，那些以前生意比他小得多的家具老板经过十多年的打拼，个个都扩张门店，比他有实力多了。

其实，剪除那些多余的枝丫和新芽，就是要我们沉下心来，去掉那些多余的不切实际的想法和念头，专注自己的目标，我们的人生才会如秋后的棉株一样硕果累累。

在生活中，我们也是一株容易长出"新芽"的棉花树。

甘蔗没有两头甜

大学毕业时，睡我下铺的龙勇同学选择去湘中一个偏僻的小镇当公务员，在那个人人都想留在大城市的90年代，龙勇的选择无疑是另类的。因此，离开大学校园时，龙勇几乎没给任何同学留下联系方式，像秋天的一片树叶一样，风一刮，悄无声息地脱离了大树的怀抱，消失在大地的某个角落，转眼快二十年过去，同学中鲜有他的消息。

这个周末，在家专心侍弄花草的我，被一个陌生电话吵得心烦，于是接了，接通后，竟然是龙勇，他说他已经打的到了我们小区门口，让我去接他。到门口一看，果然是那个消失了近二十年的家伙。

老同学久别重逢，自然有许多知心话要聊，这时我才知道，以前那个才不出众的下铺兄弟，通过这么多年的打拼努力，现在已是正处级干部了，这次来长沙，是来参加省委党校的青干班培训的，回去后就要到某市局做一把手了。

说实在的，我不是一个以成败论英雄的人，但想想当年我们这些留在城里的同学，虽谈不上个个才高八斗，但好歹也是当年大学校园里的佼佼者，可现在看来，能混个衣食无忧的人已经是很不错了，有成绩有业绩者更是寥若晨星，而龙勇同学凭借扎根基层，努力向上的表现，取得了一定的政绩，我当然替他感到高兴。

看我真心替他高兴，龙勇说："其实，我也是没有办法的选择，还记得大学快毕业时我的那次挂科么？"

"当然记得，那个时候，你成天泡在网吧里，我劝你你还不听，临毕业时，你有两门课程挂科，要不是你爸来学校求情，只怕你当时就留级了。"对于学校的往事，我当然记得一二。

"你可能只知其一，不知其二啊，正是那次我爸来校，才彻底改变我对一些事

选择了玩乐和游戏,你就得品尝现在挂科的苦涩和难堪。

情的看法。"龙勇边回忆边说。

"挂科后，我爸来到学校，他没批评我，而是给我提来了两塑料袋甘蔗，待我吃完后，他问我有何区别，我说一袋甘甜，一袋清淡，我爸笑了笑，说这是一根甘蔗，靠近根部的甜，靠近蔗稍的淡，甘蔗没有两头甜，学习也是如此，因为你前段时间选择了玩乐和游戏，你就得品尝现在挂科的苦涩和难堪。"

龙勇继续说："老爸走后，很快就要毕业，通过这件事，我懂得了其实人生也是如此。如果把大学毕业的去留比喻成甘蔗两端的话，留在长沙无疑是甘蔗的根部，它的优越性无可比拟。但我当时想通了，与其削尖脑袋留在长沙，还不如到需要我的地方去锻炼，我的成绩和资质不具备品尝长沙这端甜甘蔗的实力，于是我义无反顾地去了那个小镇。"

我无语，只能暗暗佩服龙勇聪明的选择。

三色堇

一

喜欢三色堇是从 2006 年秋天开始的。

仍记得那个薄凉的周末,我百无聊赖地坐在飘窗上听广播。窗外秋风招展,秋雨嘀嗒,树叶纷飞,寒蝉凄切。忽然听到主持人介绍蔡依林的《马德里不思议》这首歌,介绍三色堇的传说和花语,我竟然被三色堇的动人传说深深感动,陶醉在那首歌的优美旋律里。

在那个凄风苦雨的秋天,有那么一个传说温暖内心,有那么一种旋律来忘掉忧伤。那一刻,我在心里忽然种下了一个花儿朵朵、蝴蝶翻飞的春天。

二

2008 年国庆节,去云南旅游,在昆明世博园第一次见到了三色堇。

它植株低矮,卑微地匍匐在地面上,绿叶边沿如经过精心修剪一般一个圆弧接一个圆弧,精致却很低调。倒是花朵高调大胆地怒放着,黄的明艳、白的素雅、紫的靓丽,灿烂却不妖艳,热烈却不喧嚣,远远望去似蝴蝶在煽动羽翼,轻盈飞翔。

那天,我悄悄地摘了一朵三色堇回到酒店,学着《马德里不思议》歌词所写的那样,"用鹅毛笔写了封信给自己,浅灰的纸里,夹了朵三色堇,签上名,一个人继续远行。"

三

来到岳阳，一下子就喜欢上了这座城市，不是因为这里有名扬天下的岳阳楼，也不是因为这有美味可口的口味虾和姜辣蛇，更不是因为这里有流传千年的爱情故事——柳毅传书，而是因为这里有我喜欢的三色堇。

记得刚到岳阳时正是仲春时节，岳阳大道旁、南湖大道上、南湖风光带边，大面积的三色堇竞相怒放，那种美，让人觉得炫目。

倒是朋友淡淡地说："三色堇太普通了，你为何这么喜欢？"

"因为三色堇只能生长在阳光充足的室外，它崇尚阳光和自然。"我说。

四

这两年一直在写专栏，写些心情小故事，写些社区小人物，不求引起文坛关注，但求读者喜欢。

前段时间，应朋友邀请加入一个创作群，莫名其妙受到一个所谓"文学大咖"的关注，时常以茅盾文学奖的高度来品评拙作，作品被打击得体无完肤，心情自然灰头土脸。

好在群里有个朋友发来安慰短信，并实话告知他的看法，他认为"文学大咖"那些自认为高大上的东西实际是假大空，而我的作品就像三色堇，实在。我说为何是三色堇？他说："三色堇的三片花瓣一片是真，一片是善，一片是美，花心是爱，你的作品里都有。"

那一刻,我在心里忽然种下了一个花儿朵朵、蝴蝶翻飞的春天。

多转一个圈

这些年,经常奔波在长沙与岳阳两座城市之间,对京珠高速的长沙至岳阳段可以说是了如指掌。

以前,每逢节假日,我都会提前半天回长沙,因为节假日前夕,大家都要出行,高速路上车多人多事故多,容易造成堵车。另外,就算不堵车,能顺利到达长沙的话,从长沙南的李家塘下高速路也要等上好半天。其实,李家塘收费站的收费口还算多,可下高速的车辆实在是太多了,排队缴费的车辆长龙般将五百米长的下高速的连接路挤得满满当当,一直挤到主干道京珠高速公路上,影响了后面车辆的通行,造成更大的拥堵。

去年,李家塘收费站实行改造,下高速的连接路由一条五百米长的右拐道路,变成了一条十多公里长的圆形立交道路,车辆进入圆形立交连接路后,因为离心力的原因,驾驶员会自动减速,这样就给前方收费站的收费员增加了时间,另外由于连接路有十多公里长,再缓慢的收费动作,也不会造成排队等候的车辆堵到京珠高速公路上去,保证了主干道京珠高速的畅通。

我很佩服设计师的灵性,他巧妙地将原来右拐直行的车道设计成圆形立交道路,只是让车辆多转了一个圈,拥堵的现象就迎刃而解。

其实,在生活中,好多事情也如这车道一样,一往无前的直行有时往往达不到目的,而多转一个圈,迂回一下,周旋一下,事情就能迎刃而解。《孙子兵法》曾讲,知迂直之计者可以常胜。谁都知道两点之间直线最短,但在某些情况下,有时看似最直接、最便捷的线路未必是最"短"、最有效的线路,甚至可能恰恰相反。这时,我们不妨多转个圈,那些看似山穷水复的事情忽然就会柳暗花明了。

往无前的直行有时往往达不到目的,而多转一个圈,
迂回一下,周旋一下,事情就能迎刃而解。

老天不会辜负每一个努力的人

　　2013年冬天，喜欢上了兰花，于是，坚持在网上学习养兰教程，由于不得要领，两三年时间过去，我养的兰花基本上没开花就死掉了。好在我乐在养花过程，死就死吧，换个盆子继续栽种。

　　前些天，在外出差半个月，妻儿也回老家去了，归来时，发现兰草因没有浇水，叶面枯黄萎靡，枝干垂头丧气，心想这兰花只怕又活不成了。于是死马当作活马医，积极浇水，努力施肥，一点也不懈怠。

　　没想到，今天下班回来，发现兰草神采奕奕了，还开出了几朵鹅黄的花儿，眼眸瞬间被点亮，心情忽然被激活，心想：老天还真的不会辜负每一个努力的人呢。

　　初二时，我的一篇习作被老师推荐在杂志上发表，忽然间对写作产生了兴趣，于是，每天坚持练习。

　　高三那年，学习异常紧张，但一直没有放弃，总是千方百计挤出些时间写写画画，后来，虽然只能进入一所普通大学，所学专业也与文学风马牛不相及，但心中总有梦想和冲动，大学毕业时，整理自己的作品，竟然在《湖南广播电视报》《三湘都市报》《邵阳日报》《大学生》《辽宁青年》等报刊上发表80多篇文章。

　　1998年7月，我带着比"火炉天气"更火热的憧憬来到长沙，那时的我，梦想如岳麓山上的樟树一样青翠，心情如湘江边的清风一样舒畅，眼光如天心阁上的飞檐一样宽广。

　　我曾窃喜，参加工作后，会有更多的体验、更多的精力、更多题材来创作。然而，理想很丰满，现实很骨感，单位摇摇欲坠，收入低得可怜，为了逃离生活的重压,我选择去了一家报纸做记者,后来转到一家杂志做编辑。

2004年,激情冷却,梦想淬火,我决定离开媒体,去电力系统工作。然而,一晃十年,青春远去,不知不觉中,那个"左牵黄、右擎苍"的翩翩少年,变成了一个"尘满面、鬓如霜"的中年大叔。

2013年底,大家都在讨论"中国梦"。我扪心自问:自己是否还有梦想?我隐隐感觉胸口在痛,似乎有话要说,于是又重新提起笔。没想到,十年没动笔的我,短短的三个月时间,竟然在《长沙晚报》发表13篇稿子。

2014年,《长江信息报》开办社区版,我有幸成为该报社区版专栏作家,两年时间,我在《湖南文学》《北京青年报》《湖南日报》《甘肃日报》《长沙晚报》《金陵晚报》《东莞日报》《鄂东晚报》等刊物发表文章150余篇,多篇文章被《青年文摘》《中外文摘》《文萃报》等刊物转载。

这几年,在《东莞日报》闲情副刊发些小作品,有一天,忽然接到一个电话,是从东莞打来的,本以为是报社的业务电话,没想到是初中校友罗建云,快30年没见了,他的爽朗、热情通过电话也能感受得到,他说他在东莞成立了一家潇湘文化传播公司,主要做文化产业,他自己也写点文章,出版了一本书叫《人生四十年》。

他问我还记得初中校园里的"蕾荷"文学社么?我说当然记得。他在电话里感叹:想想那些年,我们对文学是多么的崇拜,可现在,大家几乎都不屑谈"文学"两个字了。

扪心自问,这些年,社会高速发展,物质空前繁荣,浮躁、浮夸之风盛行,人真的难静下心来创作,似乎每个人都在这种大变革的时代随波逐浪,身不由己。我也一样,虽谈不上颠沛流离,却也是在艰难中行进。因此我也无法做到一以贯之地坚持下去,但那个时候埋下的种子,却一直在内心里倔强地生根、发芽。我想,梦想这东西,就如我养的兰花一样,只要根不死,枯萎过又何妨,坚持给它一个鲜活的动力和源泉,梦想之花总会开放。

本来不想出书，觉得自己写的净是些鸡零狗碎的闲事，够不上文学的高度。

建云兄却说："也未必吧，记得王跃文曾讲过，每个人的庸常生活都可为文学，整理一下作品，出本书，把过去踩在脚下，重新出发吧。"

我说好。于是开始整理，重读300多篇发表过的稿子，选出100篇，不是很系统，毕竟中断了十年没练笔，无论是文风还是思想，都显得青黄不接。我想，这是我人生成长一个的断层吧，剖开它，当作一个标本陈列出来，未必不是社会断层的一个缩影，这样一想，觉得甚好。我去的地方不多，为了使书更加"好看"，选了些自己拍的照片，放在文前篇末，不刻意针对文章主旨，喜欢的就用上。

还有，尽管生活依然困顿，内心依旧挣扎，但很多人却给了我无限的温暖和无私的帮助，无论是物质上的还是精神上的，我都铭刻在心了。

想到这里，出本书，无论你读到还是没读到，算是对你的一种感念，感谢一路上有你！

2016年11月8日